Tod durch den Strang
von Richard Bercanay

Bibliographische Information der Deutschen Nationalbibliothek:

Die Deutsche Nationalbibliothek verzeichnet diese
Publikation in der Deutschen Nationalbibliographie;
detaillierte bibliographische Daten sind im Internet
über <http://dnb.d-nb.de> abrufbar.

Tod durch den Strang
Richard Bercanay

© Richard Bercanay 2020

Herstellung und Verlag:
BoD – Books on Demand, Norderstedt
ISBN 978-3-7504-9405-3

Umschlaggestaltung: © Richard Bercanay 2020

Tod durch den Strang

Nachdem es Anfang 2020 in einem Bundesland zur Wahl eines Ministerpräsidenten der Liberalen mit Hilfe von Konservativen und Rechtspopulisten kam, setzte aufgrund der öffentlichen Kritik an diesem Vorgang im Februar eine Rücktrittswelle zahlreicher Parteifunktionäre ein. Auch der Liberale, der sich hatte wählen lassen und der Fraktionschef der Konservativen traten zurück. Betroffen davon war auch die Wunschnachfolgerin der amtierenden Kanzlerin, die aufgrund ihres Unvermögens, den Landesverband an dieser Art der Kooperation zu verhindern, ihren Hut nahm. Nachfolger wurde ein weiterer Vertrauter der Kanzlerin, so daß sie ihre Absicht, bis zu den regulären Wahlen 2021 im Amt zu bleiben, weiterhin umsetzen konnte.

Die Lage nach den Bundestagswahlen im Herbst 2021 war erneut so verfahren, daß es am Ende erneut zu einer nicht ganz so großen Koalition zwischen Konservativen und Sozialdemokraten kam. Die Vorsitzenden letzterer taten sich erneut – und diesmal mehr noch als in der Wahlperiode zuvor – schwer damit, vor ihrer Parteibasis diese Entscheidung zu rechtfertigen, so daß auch dieses Mal die große Koalition bereits zu Beginn unter keinem guten Stern stand.

Zu den diversen politisch-inhaltlichen Auseinandersetzung in der großen Koalition kam hinzu, daß einzelne Landesverbände der Konservativen Partei in den Bundesländern – und hier voran in den östlichen Bundesländern – mehr und mehr die Berührungsängste mit der Rechtspopulistischen Partei aufgaben und Koalitionen mit ihnen bildeten. Dies geschah durchaus ausdrücklich unter Verstoß eines Abgrenzungsbeschlusses der Bundespartei.

Weil der neue Kanzler und Vorsitzende der Konservativen Partei dieses Tendenzen nicht in den Griff bekam und an der sozialdemokratischen Basis der Unmut über das Gebaren des Koalitionspartners mehr und mehr wuchs, verließen diese die große Koalition, so daß es bereits im Herbst 2023 zu vorgezogenen Neuwahlen kam. Diesen ging der Rücktritt des Vorsitzenden der Konservativen Partei voran, so daß nun Wilhelm Mei neuer Vorsitzender der Konservativen Partei wurde. Zu seinen ersten Handlungen zählte, den Abgrenzungsbeschluß zu den Rechtspopulisten aufzuheben und eine Koalition mit dieser Partei nach den Wahlen nicht mehr auszuschließen.

Im Anschluß an diese Wahlen setzte Mei um, was er vor den Wahlen angekündigt hatte. Er bildete gemeinsam mit der Rechtspopulistischen Partei eine Regierungskoalition, die es ihm ermöglichte, viele seiner wirtschaftspolitischen Ziele zu verwirklichen. Als Gegenleistung an die Rechtspopulisten, die ohnehin viele dieser Ziele teilten, setzte die Regierung zahlreiche Restriktionen bei der Zuwanderung um, die jedoch teilweise von der Europäischen Kommission wieder revidiert wurde.

Das zweite große Projekt, das die Rechtspopulisten in der Regierung umsetzen konnten, war die Wiedereinführung der Todesstrafe. Durch die Kooperationen der Konservativen in zahlreichen Bundesländern wurde auch die hierzu notwendige Verfassungsänderung ermöglicht. Ebenfalls unterstützt wurde dieses Projekt durch die Liberalen, die im Gegenzug ihre Forderung nach einer massiven Senkung von Unternehmenssteuern durchsetzen konnten. Dies folgte einer allgemeinen, jedoch im wesentlichen von Rechtspopulisten gemeinsam mit Teilen der konservativen Medien und den sogenannten »sozialen Medien« erzeugte Stimmung, härter gegen Straftäter vorzugehen.

Mit der Einführung des Gesetzes über die Einführung der Todesstrafe wurde das Justizministerium, welches unter rechtspopulistischer Führung stand, ermächtigt, eine Hinrichtungsverordnung zu erlassen.

Die Mehrheit für die Änderungen war jedoch knapp, weil neben Linken, Sozialdemokraten und Ökologen auch einige Liberale und Konservative dieser neuen Linie nicht folgen wollten. Erstere setzten letztlich auch auf die weiteren Institutionen dieses Staates und reichten eine Normenkontrollklage beim Bundesverfassungsgericht ein, die zum Zeitpunkt des nun zu schildernden Vorfalls anhängig war.

Erschwerend hinzu kam, daß die neugeschaffene Behörde, die Vollstreckungsbehörde, wesentlich von den Parteigängern der Rechtspopulisten besetzt wurde, weil jene der demokratisch gesinnten Parteien nach wie vor Abstand zu der Idee hatten, das Todesurteil wieder einzuführen. Zwar wurde auch der neue Vorsitzende der Konservativen nicht müde zu betonen, daß ihm diese Idee nicht liege, gleichwohl war ihm die Macht im Bund wichtiger als das Leben von Menschen, denen mehr oder weniger schwere Verbrechen vorgeworfen wurden. Und auch in der Öffentlichkeit wurde diese Entscheidung kontrovers diskutiert, während zahlreiche Meinungsforschungsinstitute wiederholt betonten, daß ihre Umfragen ergaben, daß es innerhalb der Bevölkerung zu keinem Zeitpunkt eine Mehrheit für die Einführung der Todesstrafe gegeben habe, außer unter den Anhängern der Rechtspopulisten.

Die Konfliktlinien in dieser Frage zogen sich auch durch die Rechtslehre und durch die Justiz. Während bei letzterer einige wenige Staatsanwälte die neue Möglichkeit der Bestrafung begrüßten, fremdelte die Mehrheit von ihnen mit der Idee, vor Gericht die Todesstrafe zu fordern. Entsprechende Verhältnisse herrschten in der Richterschaft vor.

Einer der Fälle, in der ein Richter einen Menschen zum Tode verurteilte, war der Fall des 42jährigen

Mannes namens Robert Werries. Es handelte sich um einen Indizienprozeß, nachdem Zeugen des Verbrechens nicht aufzufinden waren. Die Staatsanwaltschaft hatte angesichts diverser Fragen, die der Prozeß aufwarf, lebenslange Haft beantragt. Der Vorsitzende Richter, als Gegner der Todesstrafe bekannt, konnte sich jedoch in seiner Strafkammer nicht gegen den zweiten Richter und die beiden Schöffen durchsetzen, was dazu führte, daß Robert zu Tod durch den Strang verurteilt wurde. Somit saß Werries nun in der Todeszelle und wartete auf seine Hinrichtung, die am 11. März 2026 um 12:35 Uhr stattfinden sollte.

1.

Robert Werries betrachtete zum unzähligsten Male die weißen Wände seiner Zelle. Sein Blick wanderte von den grauen Gitterstäben über die Trennwand mit der metallenen Toilette dahinter über das Waschbecken die Wand entlang zur Decke über seiner Pritsche, auf der er lag.

Heute sollte sein letzter Tag sein. Am Morgen hatte er bereits das Frühstück verweigert und dem Wachposten, der es brachte, erklärt, daß er keinen Hunger habe, und darüber hinaus – warum sollte er ausgerechnet an diesem Tage noch frühstücken. Daraufhin bekundete der Wachmann sein Verständnis und sein Bedauern über die Situation.

»Ganz ehrlich«, sagte der Wachmann, »ich weiß auch nicht, warum sich die Regierung dazu hat hinreißen lassen. Ich meine... das mit der Todesstrafe...«

Und für einen Moment glaubte Werries, daß der Wachmann zumindest ein wenig an seine Unschuld glaubte. Das Wachpersonal überhaupt hatte ihn in den letzten Tagen gut behandelt und den Eindruck erweckt, daß wohl die meisten von ihnen die Todesstrafe ablehnten.

Werries sah auf die Uhr, die er durch die Gitterstäbe auf dem Flur knapp unterhalb der Decke sehen konnte. Es war 12:21 Uhr. Bald würden sie kommen und ihn zum Schafott bringen, wo er gehängt werden sollte. Die anfängliche Verzweiflung über seinen baldingen Tod war einer Lethargie gewichen. Werries Augen folgten dem Sekundenzeiger, der Runde um Runde drehte. Er wußte, daß für einen letzten Besuch unmittelbar vor der Hinrichtung nur seine Mutter und seine Frau zugelassen worden war. Einige seiner Freundinnen und Freunde hatten sich während des Prozesses von ihm abgewendet. Offenbar glaubten auch sie, daß er den Mord begangen habe, der ihm

9

vorgeworfen wurde. Oder sie kamen einfach nicht damit zurecht, einen Freund zu besuchen, der nun bald sterben würde.

Um 12:21 Uhr standen sieben Personen in einem kleinen Büro in der Nähe von Robert Werries' Zelle: der Henker Björn Sieler, ein 50jähriger glatzköpfiger Mann, dessen Statur an die eines Ringers erinnerte, die beiden Wachmeister Karl Wetterstein und Kerstin Pohl sowie der hagere Arzt Harald Berger, dem anzusehen war, daß er sich nicht auf seine Aufgabe, die ihm bevorstand, freute. Außerdem Roberts Frau Tatjana und seine Mutter Kathrin, die während des Prozesses ersichtlich gealtert und deren Augen vom Weinen um ihn gerötet waren. Ebenfalls anwesend war Werries Anwalt Bernhard Schröer.
»Es ist 12:25 Uhr. Hiermit beginnt die Hinrichtung«, erklärte Sieler. »Sie haben dann noch einmal die Gelegenheit, mit ihm zu sprechen für fünf Minuten und dann wird er in den Hof geführt. Da können Sie dann nicht mehr dabei sein.«
Tatjana und Kathrin schwiegen. Sie kannten das Procedere und empfanden nicht den Wunsch, mit dem brutal wirkenden Henker mehr Worte zu wechseln als notwendig war. Roberts Mutter wandte sich von ihm ab und betrachtete den schlichten, hölzernen Schreibtisch und die Aktenregale dahinter, die vor den Wänden standen, die ebenso weiß waren wie jene in den Zellen. Sie wußte nicht, was sie sich wünschen sollte – ob es noch lange dauern oder schnell vorbei sein sollte. Von der Unschuld ihres Sohnes war sie ebenso überzeugt wie seine Frau. Sie wußten, daß er niemals einen Menschen würde töten können.
Den beiden Polizisten war anzusehen, daß sie die Stille kaum ertragen konnten. Auch sie hatten sich nicht freiwillig dazu gemeldet, den Delinquenten zum Schafott zu führen und dabei zuzusehen, wie Sieler

ihm den schwarzen Sack über den Kopf ziehen und den Strick um den Hals legen würde, um anschließend die Falltür unter Werries Füßen zu betätigen. Es war die erste Hinrichtung, der sie beiwohnen mußten.

Für Sieler hingegen war es nicht die erste Hinrichtung. In diesem Jahr, seit dem die Todesstrafe wieder verhängt werden konnte, waren bislang außer ihm nur zwei weitere Henker eingestellt, jedoch inzwischen bereits acht Personen hingerichtet worden, darunter drei durch ihn.

»Gehen wir«, sagte Sieler und öffnete die Bürotür. Ihm folgten die beiden Polizisten, der Arzt, der Anwalt und zuletzt Tatjana und Kathrin Werries, als das Telephon im Büro klingelte. Werries Mutter blieb in der Tür stehen.

»Vielleicht ein Aufschub!«, rief sie dem Henker nach.

»Zu spät. Die Hinrichtung hat begonnen, jetzt wird nichts mehr aufgeschoben!«, erwiderte er barsch, während Tatjana, die beiden Polizisten, der Arzt und der Anwalt stehenblieben. Kathrin Werries lief zurück ins Büro, gefolgt von Tatjana, dem Anwalt und den beiden Polizisten. Sie nahm den Hörer des Telephons ab.

»Ja?«, rief sie aufgeregt ins Telephon.

»Hausmann, Staatsanwalt«, antwortete eine männliche Stimme vom anderen Ende der Leitung. »Mit wem spreche ich denn?«

»Kathrin Werries.«

»Nanu? Wieso sind Sie denn am Telephon? Ich möchte Herrn Sieler sprechen.«

»Der ist schon auf dem Weg zu meinem Sohn!«

»Er soll ans Telephon kommen!«

In dem Moment betrat Sieler wieder das Büro und sie hielt ihm den Hörer hin. Mit einem grimmigen Gesichtsausdruck nahm Sieler den Hörer ans sich und drückte den Knopf für das laute Mithören.

»Ja, Sieler hier.«

»Die Hinrichtung ist aufgehoben«, sagte der Staatsanwalt. »Es sind neue Beweise aufgetaucht, die die Unschuld von Herrn Werries eindeutig beweisen. Das Gericht hat die Verurteilung aufgehoben und die sofortige Freilassung angeordnet. Ein entsprechendes Fax geht Ihnen in diesen Minuten zu.«

Die beiden Polizisten sahen einander erleichtert an und der Arzt nickte mit einem zufriedenen Gesichtsausdruck. Tatjana lief sofort aus dem Büro und in Richtung der Zelle ihres Mannes.

»Haben Sie mal auf die Uhr geguckt?«, fragte der Henker mit verärgertem Unterton. »Die Hinrichtung hat begonnen und ist jetzt nicht mehr aufzuhalten.«

»Sagen Sie mal, Herr Sieler, hören Sie eigentlich schwer? Das Urteil ist aufgehoben, Herr Werries ist unschuldig. Die Hinrichtung ist abgesagt!«

»Schauen Sie ins Gesetz! Zehn Minuten vor der Hinrichtung ist das Urteil endgültig und nicht mehr zu revidieren. Das schafft insbesondere für uns Henker Rechtssicherheit. Ihr Anruf kommt zwei Minuten zu spät!«

Es folgten Sekunden des Schweigens am anderen Ende der Leitung. Dann erwiderte der Staatsanwalt mit lauter und strenger Stimme:

»Die Hinrichtung ist aufgehoben. Der Mann ist unschuldig und somit nicht zu bestrafen! Wenn Sie die Hinrichtung trotzdem durchführen, werde ich persönlich dafür sorgen, daß Sie als nächster hängen! Haben Sie das verstanden?«

»Das werden Sie wohl kaum können, denn ich handele nach Recht und Gesetz.«

»Sie wollen gegen ein Urteil handeln, und das ist rechtswidrig. Wenn Sie die Hinrichtung durchführen, werde ich Sie dafür zur Rechenschaft ziehen. Sind die beiden Polizisten anwesend?«

»Ja«, rief Wachmeisterin Pohl.

»Ich ordne an, daß Sie und Ihr Kollege verhindern,

daß Herr Sieler die Hinrichtung durchführt! Eine Dienstaufsichtsbeschwerde gegen Herrn Sieler wird eingeleitet. Ich mache mich sofort auf den Weg zum Gefängnis, Herr Sieler, und Gnade Ihnen Gott, wenn Herr Werries nicht mehr lebt wenn ich ankomme!«

Der Staatsanwalt legte den Hörer geräuschvoll auf die Gabel. Die Anwesenden sahen einander an. Als erster brach der Arzt die Stille.

»Gut«, sagte er. »Wenn das so ist, bin ich ja hier überflüssig. Ich kehre in meine Praxis zurück, da habe ich genug Arbeit. Sinnvolle Arbeit.«

Daraufhin verließ der Arzt das Büro. Kathrin Werries und die Polizisten folgten ihm, während im Büro das Faxgerät klingelte. Der Anwalt hielt es für besser, im Büro zu bleiben und abzuwarten, was in dem Fax stand, zudem konnte er so sicherstellen, daß Sieler das Fax nicht verschwinden ließ.

Mit verstimmter Mine nahm Sieler das Fax aus dem Gerät und händigte es, ohne selbst einen Blick darauf zu werfen, dem Anwalt aus. Mit dem Fax ordnete das Gericht die sofortige Freilassung Werries an, weil Tatsachen aufgetaucht seien, die seine Unschuld zweifelsfrei bewiesen. Bislang unbekannte Zeugen konnten glaubhaft bekunden, wo Werries zum Tatzeitpunkt gewesen war.

»Das letzte Wort ist noch nicht gesprochen!«, knurrte Sieler. »Meine Hinrichtung werde ich mir von diesen Bürokraten nicht wegnehmen lassen!«

Der Anwalt schüttelte verständnislos seinen Kopf und verließ das Büro mit dem Fax.

Die Polizisten hatten die Zelle inzwischen geöffnet. Tatjana und Kathrin umarmten Robert glücklich, der die neue Entwicklung noch gar nicht so recht glauben konnte. Der Anwalt zeigte ihm das Fax, auf das die Polizisten ebenfalls einen Blick warfen.

»Ich... ich glaube es nicht«, sagte Robert fassungslos.

»Das kommt, wenn du wieder zu Hause bist«, erwiderte Tatjana glücklich.

»Ich freue mich mit Ihnen«, sagte Wachtmeisterin Pohl und ihr Kollege nicke zustimmend. »Ich war nicht scharf darauf, einer Hinrichtung beiwohnen zu müssen.«

»Ich muß leider etwas Wasser in den Wein gießen«, sagte Anwalt Schröer sorgenvoll. »Es hat den Anschein, als wollte Sieler gegen den Beschluß vorgehen.«

»Kann er das denn?«, fragte Robert.

»Ja, das kann er durchaus. Er gehört ja zu einer Behörde. Das Absurde an der Situation ist deshalb auch, daß wir in dem Verfahren gar nicht Partei sein werden, sondern daß sich das zwischen Vollstreckungsbehörde und dem Gericht abspielen wird – und zwar vor dem Verwaltungsgericht.«

»Können wir denn gar nichts tun?«, fragte Kathrin Werries besorgt.

»Erst, wenn das Verwaltungsgericht urteilt, daß die Hinrichtung durchzuführen ist.«

»Aber... das ist doch unwahrscheinlich, oder?«

Schröer zuckte kurz mit seinen Schultern.

»Ich bin nur Strafrechtler. Wenn das Gericht entscheiden sollte, daß die Hinrichtung doch stattfinden soll – was ich für ebenso absurd halte wie Sie –, müßten Sie sich an einen Verwaltungsrechtsanwalt wenden. Wenn Sie es wünschen, werde ich mich in meiner Kanzlei mal umhören, ob meine Kollegen dort jemanden empfehlen können.«

»Ja, tun sie das bitte.«

Die Freude über den Freispruch wich nun der Sorge darüber, daß nun doch nicht alles zu Ende sein könnte. In diese leicht betrübte Atmosphäre kam nun Staatsanwalt Hausmann und sah die betretenen Gesichter der Gesellschaft leicht erstaunt in der Zelle beieinander.

»Nanu«, fragte er verwundert, »ich dachte, Sie hätten

Grund zum Feiern.«

»Ja«, erwiderte der Anwalt. »Eigentlich schon. Aber der Henker will gegen die Entscheidung, die Hinrichtung nicht durchzuführen, vorgehen.«

Hausmann sah sich kurz um.

»Wo ist er?«

»In seinem Büro habe ich ihn zuletzt gesehen.«

»Darüber sollten Sie sich nicht zu viele Sorgen machen. Ich kann mir schwer vorstellen, daß ein Gericht entscheiden wird, einen unschuldigen Menschen hinrichten zu lassen, weil seine Unschuld sozusagen zwei Minuten zu spät festgestellt wurde. In unserer Rechtstradition können Urteile auch nach Jahren revidiert werden, wenn sich neue Erkenntnisse hinsichtlich der Schuld zeigen. Und hier geht es um Leben und Tod. Ich werde mal mit dem Henker ein Wörtchen reden.«

»Viel Glück«, brummte Schröer.

Der Staatsanwalt betrat nach kurzem Klopfen das Büro Sielers. Dieser saß vor seinem Computer und entwarf einen Widerspruch gegen den Abbruch der Hinrichtung, wie Hausmann mit einem Blick auf den Monitor sofort erkannte.

»Das ist doch wohl nicht Ihr werter ernst«, sagte er.

»Doch!«, knurrte Sieler. »Ich lasse mir nicht in meine Arbeit pfuschen.«

»Pfuschen? Sie meinen, einen unschuldigen Mann davor zu bewahren, gehenkt zu werden, ist Pfusch?«

»Sehen Sie, wie Sie es wollen. Das Recht ist auf meiner Seite. Lesen Sie mal das Gesetz! Die Zeit, das Urteil zu ändern, war abgelaufen. Das wird auch jedes vernünftige Verwaltungsgericht so sehen.«

»Angesichts Ihres Vorhabens, einen unschuldigen Mann zu hängen, halte das Wort ,Vernunft' für reinen Hohn.«

»Das können Sie sehen wie Sie wollen. Mir ist das egal.

Ich werde mein Recht durchsetzen.«

»Ihr ‚Recht', einen unschuldigen Menschen zu töten? Sie sind wirklich nicht mehr zu retten. Wenn Sie das wirklich durchziehen, dürfte Ihre Behörde hoffentlich Zweifel daran bekommen, ob Sie für diese ‚Arbeit' überhaupt geeignet sind.«

»Ich glaube, meine Behörde wird es für selbstverständlich erachten, daß ich mich dagegen wehre, daß wir gegen Recht und Gesetz an unserer Arbeit gehindert werden. Das Recht muß eingehalten werden, sonst leben wir in einer Bananenrepublik.«

»Zu einer Bananenrepublik sind wir geworden, als wir die Todesstrafe gegen jede Vernunft einführten. Wenn wir nicht das Patt im Verfassungsgericht hätten, wäre die Durchführung von Todesstrafen längst gestoppt worden!«

Der Henker wandte sich zum ersten Mal dem Staatsanwalt zu.

»Das hätten Sie wohl gerne, was? Sie sind genauso ein Schwächling wie alle anderen, die sich gegen diese wichtige und notwendige Maßnahme wehren. Als Staatsanwalt müßten Sie doch selbst sehen, daß die Kriminalität immer größer und dreister wird, erst recht, seit Merkel die vielen kriminellen Ausländer ins Land gelassen hat! Es war richtig, daß der deutsche Staat endlich mal etwas dagegen tut.«

»Heben Sie sich Ihre politischen Reden für den Parteitag der Rechtspopulisten auf. Die Statistiken sprechen eine andere Sprache. Darum geht es jetzt auch gar nicht. Es geht darum, daß Sie endlich zu akzeptieren haben, daß Herr Werries unschuldig und deshalb nicht hinzurichten ist. Geben Sie Ihre unsinnige Eingabe auf. Sie machen den Gerichten nur unnötige Arbeit.«

»Ich tue, was ich für richtig halte!«

Der Staatsanwalt nickte.

»Ja, ich auch.«

Sieler wandte sich wieder seinem Computer zu und der Staatsanwalt verließ das Büro. Auf dem Flur traf er auf die beiden Polizisten.

»Wo ist Herr Werries?«

»Mit seiner Mutter auf dem Weg nach Hause«, erwiderte Wachtmeister Wetterstein. »Das war doch richtig, oder?«

Der Staatsanwalt nickte abwesend und blickte kurz zu der geschlossenen Bürotür Sielers hinüber.

»Ja, ja. Das war richtig.«

Hausmann ging ein paar Schritte auf die Tür zu.

»Das war absolut richtig.«

2.

Robert, seine Frau Tatjana und seine Mutter Kathrin saßen im Wohnzimmer ihrer Wohnung.

»Eigentlich müßten wir das feiern«, meinte Tatjana.

»Danach ist mir nicht«, brummte Robert. »Wer weiß, was uns da noch bevorsteht.«

Einige der Freunde, die sich während des Prozesses nicht von Robert abgewandt hatten, hatten bereits vorbeigeschaut und ihm gratuliert und Glück für das weitere Verfahren gewünscht. Anwalt Schröer hatte zugesagt, sich darum zu kümmern, daß ein Verwaltungsrechtsanwalt zur Verfügung stünde, sollte es noch Schwierigkeiten geben.

»Ihr habt mein Leben gerettet«, sagte Robert. Wenn Du nicht ans Telephon gegangen wärst...«

»Wäre jemand anderes ans Telephon gegangen«, sagte Kathrin. »Ich weiß nicht, was ich davon halten soll. Aber ich hoffe doch, daß wir nicht wieder so weit sind, daß unschuldige Menschen hingerichtet werden.«

»Wenn es nach dem Henker geht, bestimmt.«

»Mir ist sowieso ein Rätsel, wieso die Einführung der Todesstrafe so durchgegangen ist«, meinte Tatjana.

»Naja«, erwiderte Robert. »Nachdem sich die Konservativen mit den Rechtspopulisten zusammengetan haben, haben sie die notwendige Mehrheit dazu. Unser Herr Bundeskanzler interessiert sich nur für die Wirtschaft und geht zum Machterhalt faule Kompromisse ein. Das ist einer davon.«

»Das war in Deutschland schon einmal so, daß die Konservativen glaubten, sie hätten die Rechten im Griff, wenn sie sie nur an der Regierung beteiligen.«, sagte Kathrin.

»Beschwör es nicht. Ich setzte darauf, daß unsere Demokratie gefestigt genug ist, diese schwarze Zeit zu überstehen. Aber vielleicht sollte ich auswandern so lange es noch möglich ist.«

»Das wäre vielleicht keine schlechte Idee«, meinte Tatjana. »Aber wohin? Innerhalb von Europa würdest du ausgeliefert werden.«

»Ich weiß es nicht. Hoffen wir, daß es nicht nötig sein wird. Aber ich weiß auch nicht weiter. Meine Stelle an der Universität ist gekündigt. Auch dort glaubt man wohl, daß es nicht den Falschen getroffen hat.«

»Ich hätte auch dort aufhören sollen«, sagte Tatjana.

»Und wovon würden wir dann leben? Ich werde schon wieder etwas finden. Wenn auch nicht im Ausland. Vielleicht sollten wir doch in eine andere Stadt ziehen. Ich sehe hier in keine Perspektive mehr. Durch diesen Prozeß ist alles kaputt.«

»Was du jetzt brauchst ist erst einmal Erholung«, sagte Kathrin und Tatjana nickte zustimmend.

»Wenn wir etwas Abstand haben...«

»Erstmal muß alles vorbei sein«, erwiderte Robert. »So lange das nicht der Fall ist, werde ich auch keinen Abstand von der Sache bekommen.«

Auch zu Hause beim Staatsanwalt Martin Hausmann waren die Vorgänge des Tages Gesprächsthema, als er mit seiner Frau und seinem Sohn zu Abend aß.

»Ich habe so etwas noch nie erlebt«, sagte er. »Naja, die Todesstrafe gibt es ja auch noch nicht so lange, und verhängt wurde sie hier auch noch nicht.«

»Wieso tut das Verfassungsgericht nichts dagegen?«, fragte Hausmanns Frau Claudia.

»Im Verfassungsgericht herrscht ein Patt. Zwei der Verfassungsrichter wurden von den Rechtspopulisten vorgeschlagen und die beiden konservativen sind, um es mal zurückhaltend zu sagen, der Todesstrafe nicht abgeneigt. So lange es vier zu vier steht im Senat, ändert sich an der Gesetzeslage nichts. Alles hängt jetzt davon ab, ob die eine Seite wenigstens einen der Richter von der anderen Seite überzeugen kann. Dann stünde es fünf zu drei und die jeweilige Meinung würde zum Urteil. Aber noch wird beraten, da kann man nur abwarten.«

»Ich kann das einfach nicht nachvollziehen. Wenn das Gericht anordnet, daß der Mann freizulassen ist, dann kann doch der Henker nicht hingehen und sagen, ich will ihn trotzdem hängen. Als die Meldung heute über die Medien kam, daß der Mann unschuldig ist, waren alle auf unserer Station sich einig, daß für ihn jetzt alles vorbei ist.«

»Das ist auch ein normaler Gedanke.«

»Heißt das, daß er jetzt trotzdem sterben muß?«, fragte der 14jährige Sohn Carsten.

»Ich hoffe nicht«, erwiderte sein Vater. »Es wird jetzt einen Prozeß vor dem Verwaltungsgericht geben und da wird hoffentlich entschieden, daß für Herrn Werries alles vorbei ist. Aber sicher ist das nicht. Die Frage, ob nach dem Eintritt in diese zehn Minuten vor der Hinrichtung das Urteil nicht mehr umkehrbar ist, ist umstritten. Das halte ich für widersinnig und mit der Verfassung nicht vereinbar, wie ich auch die Todesstrafe für verfassungswidrig halte.«

»Im Politik-Unterricht haben wir heute auch darüber gesprochen und abstimmen lassen. In unserer Klasse sind etwa die Hälfte für die Todesstrafe.«

»So viele?«, fragte Claudia entgeistert. Martin nickte zustimmend.

»Ja, das ist viel. Weit ist es gekommen in unserer Gesellschaft.«

»Frau Dennhardt war auch erschrocken darüber«, sagte Carsten.

»Habt Ihr auch darüber abgestimmt, ob der unschuldige Herr Werries auch hingerichtet werden soll?«

»Das war noch nicht raus.«

Martin schlug sich mit der flachen Hand leicht vor die Stirn.

»Stimmt. Stand ja erst nach Schulschluß fest. Dumme Frage von mir.«

Gegen ein Uhr nachts saß Robert Werries im dunklen Wohnzimmer seiner Wohnung in einem Sessel und sah zu, wie die Lichtkegel hin und wieder vorbeifahrender Autos über die Möbel zogen. Für einen Moment erwog er, das Fernsehen leise einzuschalten, aber er wollte seine Frau nicht wecken.

Nun hatte er also sein Leben zurückbekommen, doch was sollte er jetzt aus diesem Geschenk machen? Seine Stelle an der Universität hatte der Soziologie mit dem Ausspruch der Todesstrafe verloren. Einige Freunde hatten sich abgewendet und die Nachbarin aus dem ersten Stockwerk hatte ihn heute im Treppenflur angeschaut als sei er ein Gespenst und dann die Wohnungstür schnell hinter sich zugezogen. Wie die anderen Nachbarn reagieren würden, wußte Robert nicht und er gestand sich ein, daß er ein wenig Angst vor ihren Reaktionen hatte.

Schon während des Prozesses hatten immer wieder Zweifel im Raum gestanden und auch der Staatsanwalt hatte nicht nur mit seinem Verzicht, die Todesstrafe zu fordern, signalisiert, daß auch er sich nicht sicher war, wohingegen der Richter am Ende des Prozesses von sich aus die Todesstrafe verhängt hatte. Dies hatte der Richter unter anderem damit begründet, daß Roberts Beharren auf seine Unschuld zeige, daß er hinsichtlich der Tat – von der der Richter offenbar überzeugt war, daß Robert sie begangen hatte – keine Reue zeige. Wer, so der Richter, angesichts derart erdrückender Beweise nicht einmal andeute, daß es ihm leid tue, verdiene ohne jeden Zweifel die höchste Strafe, die das Gericht nach dem Gesetz verhängen könne, und dies war die Todesstrafe.

Robert stand auf und trat an das Fenster. Auf der zweispurigen Straße vor dem fünfstöckigen Haus, in dem er und seine Frau eine Wohnung im dritten Stock bewohnten, war, wie jede Nacht, wenig los. Die Laternen waren in Richtung der Wohnhäuser abgedunkelt, so daß von ihnen nur wenig Licht ins Wohnzimmer drang.

Plötzlich ging das Licht im Wohnzimmer an und seine Frau Tatjana betrat im Morgenrock das Wohnzimmer.

»Habe ich dich geweckt?«, fragte Robert.

»Nein«, erwiderte sie. »Ich bin von selbst aufgewacht.«

Sie setzte sich auf das Sofa und Robert setzte sich zu ihr.

»Wie lange bist du schon hier?«

Robert zuckte kurz mit seinen Schultern.

»Vielleicht eine halbe Stunde.«

»Worüber denkst du nach?«

»Ich denke über unsere Zukunft nach und wie wir diesen blöden Prozeß und das Urteil am besten hinter uns bringen. Eigentlich hätte ich jetzt nicht mehr leben sollen. Daß meine Unschuld so knapp bewiesen wurde...«

»... war ein Glück«, erwiderte Tatjana. »Mir ist völlig gleichgültig, wie du dich entscheidest. Ich gehe jeden Weg mit dir.«

»Ich danke dir. Du solltest dir darüber klar sein, daß der wirklich schwere Weg jetzt erst bevorsteht. Daß ich ein Mörder bin, stand in allen Zeitungen und wurde quer durch die sozialen Medien getragen. Ich habe meine Stelle an der Universität verloren und wenn ich mich jetzt irgendwo bewerbe, werden viele Personaler sagen, ,schau an, der Werries. Das ist doch der mit dem Todesurteil. Wenn da mal nicht doch was dran war an der Sache...'«

»Wenn du willst, können wir auch umziehen. Ich suche mir dann auch etwas Neues. Sozialarbeiter an Schulen werden jetzt vermehrt gesucht.«

Robert stützte sein Gesicht in seine Hände.

»Ich weiß es nicht. Vielleicht wäre es besser gewesen, die Nachricht wäre eine Viertelstunde später gekommen, dann hätte ich alles hinter mir gehabt.«

Tatjana legt einen Arm um Robert.

»So etwas darfst du nicht sagen. Das darfst du auch nicht denken. Wir bekommen das hin, irgendwie. Alles ist besser als wenn du hingerichtet worden wärst.«

Robert nahm Tatjana in seine Arme.

»Ich danke dir. Wenn ich dich nicht hätte, würde ich das alles jetzt sicher nicht überstehen.«

»Wichtig ist, daß es jetzt irgendwie weitergeht. Dann faßt du auch wieder Mut für die Zukunft.«

Robert stand auf und ging im Zimmer auf und ab.

»Weitergeht. Der Henker wird jetzt erst einmal versuchen, mich doch aufhängen zu können. So lange er noch eine Möglichkeit hat, hinter mir her zu prozessieren, wird nichts vorbei sein.«

»Aber welches vernünftige Gericht kann denn angesichts deiner Unschuld jetzt noch urteilen, daß du gehenkt werden sollst? Das Oberlandesgericht hat doch ein Urteil gefällt, daß du frei bist, weil deine Unschuld erwiesen ist.«

»Ich verstehe das ja auch alles nicht. Aber wir werden in der nächsten Zeit weiterhin in der Hand der Juristen sein. Wer weiß, wie viele Jahre sich das noch hinziehen kann, wenn die Todesbehörde bis zur letzten Instanz prozessiert. Ich weiß gar nicht, wie wir unsere Zukunft planen sollen, wenn meine Hinrichtung wie ein Damoklesschwert weiterhin über uns hängt.«

»Ich will einfach nicht glauben, daß in einem demokratischen Rechtsstaat wie dem unseren ein unschuldiger Mann trotz seiner erwiesenen Unschuld einfach hingerichtet wird, und dies auch noch mit dem Segen der Justiz. So etwas passiert in Diktaturen, aber doch nicht bei uns.«

»Da wäre ich mir nicht so sicher. Seit die Rechtspopulisten mit an der Regierung sind, ist der Rechtsstaat in Gefahr. Das Experiment, solche Leute durch Regierungsbeteiligung zu enttarnen oder zu zähmen, ist in unserem Land schon einmal schiefgegangen.«

Tatjana begann, nervös an ihrem Morgenrock herumzuzupfen, wie sie es immer tat, wenn sie nervös war oder sich unbehaglich fühlte.

»Meinst du, es ist schon so ernst?«

»Aus politikwissenschaftlicher Sicht oder aus persönlicher Einschätzung? Als Politikwissenschaftler sage ich, Geschichte wiederholt sich nicht. Persönlich fürchte ich, daß wir mit unserem politischen System bereits in gefährliche Fahrwasser geraten sind. Aber das weißt du doch genausogut wie ich, denn als Soziologin bist du doch von den Politikwissenschaften nicht weit entfernt.«

»Ja, ich merke es auch an der Schule. Die Konflikte dort nehmen zu und selbst die Fünftklässler gehen teilweise schon aggressiv miteinander um. Aber was sollen wir jetzt tun? Du kannst doch nicht erstarren, bis das Urteil da ist, schon gar nicht, wenn es Jahre dauert?«

»Ich habe wirklich keine Ahnung. Wir brauchen ein Wunder. Irgendeines. Vielleicht sollten wir das Land doch verlassen, bevor ich durch irgendeine Anordnung an der Ausreise gehindert werde. Aber wohin? Alles zurücklassen und völlig neu anfangen? Ich glaube, das kann ich nicht so einfach.«

»Ich weiß es doch auch nicht«, sagte Tatjana leise.

»Wir müssen einfach auf alles vorbereitet sein. Herr Schröer will sich ja nach einem Verwaltungsrechtler umschauen. Mit dem sollten wir jedenfalls sprechen, noch bevor irgendwelche Ergebnisse geschaffen wurden. Und ich werde mich um einen Job kümmern, damit wir finanziell nicht in Schwierigkeiten kommen. Es muß ja nichts auf Dauer sein, nur bis alles vorbei ist.«

»Ja«, erwiderte Tatjana. »Das ist eine gute Idee. Ich werde dich dabei unterstützen wo ich nur kann.«

3.

Zwei wichtige Weichen wurden am nächsten Tag gestellt. Im Verwaltungsgericht der Stadt Berlin ging die Beschwerde der Behörde zur Vollstreckung des Todesurteils (BVT) gegen die Entscheidung des Gerichtes ein, den Delinquenten Robert Werries sofort freizulassen und von der Todesstrafe abzusehen, obwohl die zehn Minuten, die dem Henker Rechtssicherheit bei der Vollstreckung gewähren sollten, bereits angelaufen waren. Sieler hatte seine Vorgesetzten davon überzeugt, daß hier eine juristisch zumindest klärungsbedürftige Frage bestand. Ein gewisses Stirnrunzeln seines Vorgesetzen bezüglich seines Verlangens konnte Sieler dabei nicht entgangen sein.

Zum anderen trafen sich Robert und Tatjana mit ihrem Anwalt in dessen Kanzlei mit einem weiteren Anwalt des Rechtsgebietes des Öffentlichen Rechts. Dieser Anwalt, Burkhard Calau, war ein ehemaliger Kommilitone Schröers und sie trafen sich lediglich, wie Schröer betonte, zu einem ersten Gedankenaustausch.

Schröer erklärte Calau, was in den letzten Wochen vorgefallen war und wie knapp die Entscheidung fiel, Robert nicht hinzurichten. Calau machte sich immer wieder Notizen ohne allerdings zwischendurch Fragen zu stellen. Es zählte zu seinen Angewohnheiten, dies erst zu tun, wenn er die ganze Geschichte gehört hatte.

Als Schröer seine Ausführungen abgeschlossen hatte, betrachtete Calau eine Zeitlang seine Notizen und blickte dann in die Runde.

»Das ist ja wirklich unglaublich«, stellte er fest. »Herr Werries, ich halte das für einen Skandal und hoffe, daß ich Ihnen helfen kann, diesen unglaublichen Vorgang zu überstehen.«

»Ich danke Ihnen«, sagte Robert leicht verunsichert.

»Zunächst möchte ich gerne kurz darstellen, worum es nach meinem Dafürhalten geht. Soweit die Behörde zur Vollstreckung der Todesstrafe tatsächlich vor einem Verwaltungsgericht gegen die Entscheidung des Strafgerichts, die Hinrichtung wegen erwiesener Unschuld abzubrechen, klagt, wird es im Kern um diese gesetzliche Frist gehen, also diese besagten zehn Minuten. Ich kenne das Gesetz und die Verordnung dazu. Nach noch herrschender Lehre wird dieser Passus des Gesetzes für verfassungswidrig gehalten. Es gibt aber auch durchaus nicht-rechtspopulistische Juristen, die diese Regelung, daß eine Hinrichtung zehn Minuten vor dem festgesetzten Termin nicht mehr abgebrochen werden kann, für wirksam halten. Ihr Fall könnte jetzt dafür sorgen, daß auch jenen die Wirkung dieser Regelung klar vor Augen geführt wird. Im Verfahren der Behörde gegen das Gericht können wir erst einmal gar nichts machen, weil wir in diesem Verfahren nicht Partei sind. Nebenkläger sind in einem solchen Verfahren nicht vorgesehen. Wenn das Gericht tatsächlich entscheiden sollte – was ich nicht hoffe –, daß die Hinrichtung fortgesetzt werden muß, müssen wir noch vor Absetzung des Urteils handeln, damit der Henker gar nicht erst die Möglichkeit bekommt, nach Zustellung des Urteils des Verwaltungsgerichts die Hinrichtung zu vollstrecken. Grundsätzlich sollte dies ohnehin nicht möglich sein, weil Ihnen der Rechtsweg nicht abgeschnitten werden darf. Aber wenn der Mann so fanatisch ist, wie Bernhard ihn beschreibt, und seine Behörde das mitmacht, sollten wir auf der sicheren Seiten bleiben.«

»Das sind ja schöne Aussichten«, brummte Robert.

»Ich denke nur, daß wir auf alles vorbereitet sein sollten. Bis zum Urteil des Verwaltungsgerichts sind Sie jedenfalls auf freiem Fuß. Immerhin hat das Gericht Sie ja freigesprochen... war das eigentlich ein Urteil oder ein Beschluß?«

»Beschluß«, sagte Schröer. »Für ein Urteil war die Zeit wohl etwas knapp, aber das wird nachgeholt.«

»Wie stehen denn die Richter und der Staatsanwalt dazu?«, wollte Calau wissen. »Immerhin haben sie ja erst einmal das Todesurteil verhängt.«

»Die Staatsanwaltschaft hatte nur Lebenslang gefordert. Staatsanwalt Hausmann gilt als Gegner der Todesstrafe. Vorsitzender Richter war Frank Keller, der noch vor einem guten halben Jahr in einer juristischen Ausbildungszeitung einen Artikel gegen die Todesstrafe veröffentlicht hatte. Möglicherweise wurde er vom zweiten Richter und den beiden Schöffen überstimmt.

Zwei Zeugen hatten sich drei Tage vor der Vollstreckung des Urteils gemeldet. Das führte dann zu hektischen Aktivitäten und eben auch dazu, daß der Beschluß und dessen Übermittlung recht knapp wurde. Formal waren es noch rund acht Minuten bis zur Vollstreckung, als die Nachricht kam.«

»In jedem Falle halte ich es für verfassungswidrig, einen erwiesenermaßen unschuldigen Mann hinzurichten, nur weil die Entscheidung kurz vor der Hinrichtung fiel. Aber, wie gesagt, die Maßstäbe sind in der letzten Zeit ein wenig durcheinander geraten. Vor drei Jahren hätte ich es nicht einmal für möglich gehalten, daß eine Regierung in Deutschland die Todesstrafe überhaupt wieder einführt. Aber darüber zu diskutieren ist müßig. Wir müssen sehen, daß wir jetzt im wahrsten Sinne des Wortes Ihren Kopf aus der Schlinge bekommen. Dazu müssen wir über alle Schritte der Gegenseite auf dem Laufenden bleiben. Ich werde mich darum kümmern.«

»Meinen Sie, daß das so schnell gehen kann?«

Calau zuckte kurz mit seinen Schultern.

»Ich hatte so einen Fall noch nicht, aber wir sollten auf alles gefaßt sein. Ein paar Fragen habe ich noch zu Ihnen. Wie sind zurzeit Ihre Verhältnisse?«

»Ja«, erwiderte Robert, »jetzt bin ich erst einmal arbeitslos und wir leben von dem, was meine Frau verdient. Natürlich werde ich versuchen, mich um eine Stelle zu kümmern und mal schauen, ob das noch hier in Berlin funktioniert, sonst würde ich vielleicht doch woanders hinziehen müssen.«

Schröer und Calau sahen einander kurz an.

»Es wird jetzt wohl auch ein wenig vom Verlauf dieser Sache abhängen, welches Image Sie künftig haben werden«, sagte Calau. »Die Medien haben bislang zwar nicht prominent aber doch ständig vom Prozeß berichtet. Auch ich habe das eine oder andere gelesen. Wichtig ist vor allem, daß bekannt wird, daß Sie einen echten Freispruch wegen erwiesener Unschuld bekommen haben und nicht etwa aus Zweifeln oder weil die Beweise doch nicht stichhaltig waren.«

»Ich weiß nicht, ob mir das jetzt helfen wird.«

»Sie sind in einer schwierigen Situation. Und da werden wir uns jetzt bemühen, Sie wieder herauszuholen.«

»Ich danke Ihnen schon einmal«, sagte Robert. »Hilfe kann ich jetzt gut gebrauchen.«

»Ja«, warf Schröer ein. »Und Sie sollten auch nicht zögern, Hilfe in Anspruch zu nehmen und sie gegebenenfalls auch einzufordern. Denn Sie haben nichts falsch gemacht, das waren andere.«

Tatjana nickte zustimmend. Dann trat Schweigen ein, bei dem die Anwesenden ihren Gedanken eine Zeitlang nachhingen. Schließlich erhoben sich Robert und Tatjana und verabschiedeten sich, nachdem sie auch dem Anwalt Calau eine Vollmacht erteilt hatten, Robert zu vertreten. Schröer begleitete die beiden noch zur Bürotür.

»Es ist jetzt wichtig, daß Sie nicht verzweifeln«, sagte er zu Robert. »Ich weiß, daß das leicht gesagt ist, denn selbstverständlich ist es ein schwerer Eingriff in Leben und Persönlichkeit, wenn man den Tod vor Augen hat und in letzter Sekunde sozusagen gerettet wird. Mehr noch, wenn es dabei um eine Hinrichtung geht. Ich verstehe nicht, warum die Henkersbehörde jetzt auch noch diese Jagd auf Sie veranstalten muß. Ich hoffe jedenfalls, daß bald alles vorbei ist und das Verwaltungsgericht dem ein Ende bereiten wird.«

»Ich danke Ihnen vielmals«, erwiderte Robert. »Ohne Ihre Hilfe hätte ich nicht gewußt, wie es jetzt weitergehen soll.«

»Dafür bin ich doch da, und mein Kollege auch. Ich wünsche Ihnen noch einen schönen Tag.«

Robert und Tatjana verabschiedeten sich. Sie stiegen schweigend die Treppen hinab, verließen das Gebäude und überquerten die Straße zum Parkplatz, wo Tatjanas Wagen stand. Die beiden stiegen ein und Tatjana ließ den Motor an.

»Ich finde, daß er recht hat«, sagte sie, während sie den Wagen vom Parkplatz fuhr. »Du darfst nicht verzweifeln. Und ich werde dir dabei helfen.«

Robert versuchte ein Lächeln, aber es verunglückte.

»Ja, ich weiß. Nur bin ich mir nicht sicher, wie ich mit der Situation jetzt umgehen soll. Wie soll ich weiterleben, wenn weiterhin der Henker mit seinem Strick hinter mir herläuft?«

Tatjana wollte erwidern, hatte aber in dem Moment keine passende Antwort, die zugleich realistisch und aufmunternd war. Sie wußte, daß nun alles vom Gang der Dinge abhängen und sie und Robert es würden ertragen müssen, daß nun andere über ihre Zukunft bestimmten.

»Vielleicht wäre auswandern doch keine schlechte Idee«, murmelte sie. »Fragt sich nur, wohin.«

»Ich habe keine Ahnung. Mein Leben lang dachte ich, wir leben in einem Rechtsstaat. Und jetzt...«

»Ich habe die Hoffnung noch nicht aufgegeben. Immerhin hat dich das Gericht freigesprochen. Das zeigt doch, daß wir doch in einem Rechtsstaat leben und wir Vertrauen haben können.«

»Ja. Aber wenn du in der Zelle sitzt und weißt, daß es gleich soweit ist... als ihr kamt... ich dachte, jetzt ist es vorbei. Jetzt sehe ich euch zum letzten Mal und dann geht es an den Strang. Da habe ich... ein unbeschreiblich verzweifeltes Gefühl gehabt.«

Tatjana warf einen kurzen Blick zu Robert. Es war das erste Mal, daß er davon erzählte, wie es ihm während des Gefängnisaufenthalts ergangen war. Darüber hatte er bislang geschwiegen, und sie wollte ihn auch nicht drängen, darüber zu sprechen.

»Ich dachte, es ist alles aus«, fuhr er fort, »und jetzt muß ich mir Gedanken darüber machen, wie es weitergeht. Oder auch nicht, wenn sie mich doch noch hinrichten.«

»Das werden sie nicht. Das dürfen sie nicht.«

»Als die Diskussion um die Todesstrafe losging und ich einen Aufsatz dagegen schrieb, dachte ich niemals daran, daß ich selbst davon betroffen sein würde. Ich weiß auch von einigen Kollegen, die damals nicht glauben wollten, daß die Regierung das wirklich durchzieht. Aber heute...«

»Heute ist erst einmal wichtig, daß du zur Ruhe kommst.«

»Das werde ich erst, wenn wirklich alles vorbei ist.«

Tatjana hielt den Wagen vor der Tiefgarage unter dem Haus, in dem sie im dritten Stockwerk eine Mietwohnung bewohnten, und betätigte die Fernbedienung für das Garagentor, das sich langsam öffnete. Sie fuhr durch das Tor und in das zweite Untergeschoß des Parkhauses, wo sie den Wagen auf dem Parkplatz abstellte, der zu ihrer Wohnung gehörte. Für Roberts Wagen hatten sie einen zweiten Stellplatz angemietet, der im dritten Untergeschoß der Tiefgarage lag, in der Fahrzeuge des ganzen Wohnblocks standen.

Die beiden stiegen aus gingen zum Fahrstuhl hinüber, den Robert mit einem Knopfdruck anforderte.

Als der Fahrstuhl im zweiten Untergeschoß ankam, stieg ein Nachbar der beiden aus. Der pensionierte Chemieprofessor sah Robert überrascht und erfreut an.

»Oh, Herr Werries, Sie sind ja doch noch am Leben.«

»Ja«, erwiderte Robert. »In den letzten Minuten wurde meine Unschuld doch noch bewiesen.«

Der Nachbar schüttelte Robert erfreut die Hand.

»Das freut mich sehr. Ich hatte gestern mittag an Sie gedacht. Nicht eine Minute habe ich daran geglaubt, daß Sie einen Mord begehen könnten. Ich bin froh, da die Gerechtigkeit doch noch gesiegt hat.«

»Ganz noch nicht«, schränkte Robert ein. »Der Henker will mich noch immer hinrichten.«

»Das meinen Sie nicht ernst!«

»Doch. Er ist der Meinung, daß die Nachricht vom Gericht zu spät kam und die Hinrichtung unabhängig von meiner Unschuld jetzt ausgeführt werden müsse. Da hat er wohl sogar jetzt geklagt.«

»Das zeigt doch, wie krank unser System ist. Ich wünsche Ihnen Glück. Wenn ich irgend etwas tun kann, um Ihnen zu helfen, sagen Sie es bitte.«

»Das ist sehr freundlich von Ihnen.«

»Selbstverständlich«, erwiderte der Professor und setzte den Weg zu seinem Wagen fort, während Tatjana und Robert in den Fahrstuhl stiegen.

»Der einzige Nachbar, dem die anderen Menschen hier im Haus nicht egal sind«, meinte Robert, während sich der Fahrstuhl in Bewegung setze, und Tatjana nickte zustimmend.

In ihrer Wohnung angekommen rief Robert seine Mutter an und berichtete von dem Termin beim Anwalt. Zudem verabredeten sie, daß sie am Abend vorbeischauen würde, während Tatjana in der Küche Kaffee kochte und ihn ins Wohnzimmer brachte. Die beiden setzten sich an den Wohnzimmertisch und rührten in ihren Kaffeetassen.

»Vielleicht wäre es eine gute Idee, mal ein paar Tage wegzufahren«, schlug Tatjana vor.

»Danach ist mir nicht so recht«, erwiderte Robert.

»Und wenn wir...«

Es klingelte an der Tür. Robert zuckte zusammen und wurde weiß im Gesicht. ,Jetzt kommen sie, um mich zu holen', dachte er kurz, während Tatjana aufstand, auf den Flur ging und die Gegensprechanlage betätigte.

»Wer ist da?«

»Sven hier, ich hoffe, ist störe nicht«, ertönte es durch die Anlage.

»Nein, du störst nicht«, erwiderte Tatjana und drückte den Türöffner. Sie öffnete die Wohnungstür und ging ins Wohnzimmer zurück.

»Sven kommt«, sagte sie zu Robert. »Ich hoffe, es macht dir nichts aus, daß ich ihn hereinlasse.«

»Nein, nein. Er ist ja auch einer der wenigen, die zu mir gehalten haben. Eigentlich hätte ich ihn längst anrufen sollen.«

»Er wird das verstehen. Das war jetzt auch alles etwas viel.«

Nach einiger Zeit klappte die Wohnungstür zu und Sven betrat das Wohnzimmer.

»Herzlichen Glückwunsch! Ich habe es in der Zeitung gelesen«, rief er aus.

»Ja, entschuldige bitte. Es war alles etwas viel...«

Tatjana holte eine weitere Tasse aus der Küche, während sich Sven in einen der Sessel setze.

»Das kann ich mir denken. Ich war mir auch nicht sicher, ob ich vorbeischauen sollte.«

»Sven...«, sagte Robert ernst. »es ist noch nicht vorbei.«

Der Politologe und ehemalige Kollege von Robert legte seine Stirn nachdenklich in Falten.

»Wie meinst du das, es ist noch nicht vorbei?«

Während Tatjana den Kaffee für Sven eingoß erzählte Robert, was vorgefallen war und wo er und Tatjana am

Vormittag waren. Svens anfängliche Fröhlichkeit wich ungläubiger Sorge.

»Das kann doch nicht deren ernst sein! Die wollen dich hinrichten, weil die Nachricht über deine Unschuld zwei Minuten zu spät kam?«

»Danach sieht es aus«, erwiderte Robert. »Wir können gegenwärtig nichts tun. Nur abwarten, wie das Verwaltungsgericht entscheidet. Bis dahin bin ich frei auf Widerruf.«

Sven stand aus dem Sessel auf und lief im Wohnzimmer hin- und her. Robert kannte dies noch aus den gemeinsamen Zeiten im Büro. Auch dort war Sven, wenn auch auf kleinerem Raum, stets hin- und hergelaufen wenn er über etwas nachgedacht hat.

»Das kann doch nicht wahr sein. Es muß doch möglich sein, etwas zu tun.«

»Klagen bis zum Schluß«, meinte Robert. »Ansonsten warten und hoffen. Mehr wüßte ich jetzt nicht.«

»Es muß noch mehr möglich sein. Aber sag', wie geht es denn jetzt bei dir ansonsten weiter?«

Robert zuckte kurz mit seinen Schultern.

»Muß schauen, daß ich wieder Arbeit finde, sonst wird uns hier auch die Wohnung zu teuer... Wenn jemand einen Politikwissenschaftler nimmt, auf den möglicherweise noch der Galgen wartet.«

»Ich werde mit dem Alten reden. Er muß dich wieder einstellen. Immerhin bist du eindeutig unschuldig.«

»Ach, er hat doch den Job längst wieder vergeben.«

»Ja, hat er. Aber dann muß er eben eine neue Stelle schaffen. Du hast doch immerhin zehn Jahre an der Fakultät gearbeitet, da kann dich die Fakultät doch auch mal unterstützen.«

»Ich mache mir da nicht so viel vor. Prof. Steinberg hat mir schon zu verstehen gegeben, daß er meinen Unschuldsbeteuerungen nicht so recht glaubt.«

»Ja, schon, aber jetzt hast du ja einen Freispruch. Da kann er nicht darüber hinwegsehen. Es schadet ja nicht. Ich rede mal mit ihm.«

»Ich danke dir«, sagte Robert und nahm einen Schluck Kaffee.

»Verzeiht«, fuhr er dann fort. »Ich möchte mich ein wenig hinlegen. Habe heute nacht fast gar nicht geschlafen.«

»Ich glaube, nach einer solchen Nachricht hätte ich das auch nicht«, erwiderte Sven und erhob sich ebenfalls, als Robert aufstand.

»Nein, nein, du kannst ruhig noch ein wenig bleiben«, sagte Robert. »Ich will nur ein halbes Stündchen ruhen, wenn du es nicht eilig haben solltest.«

»Ich habe heute nachmittag nichts weiter vor.«

Robert verschwand im Schlafzimmer und Sven setzte sich wieder in den Sessel, nachdem Tatjana die Wohnzimmertür geschlossen hat.

»Er... sieht sehr mitgenommen aus«, sagte Sven. »Nicht daß mich das wundern würde.«

»Ja. Ich bin mir nicht sicher, wie es weitergeht mit ihm«, erwiderte Tatjana. »Meine Befürchtung ist, daß er eine Depression entwickeln wird.«

»Würde mich nicht überraschen. Wenn man dem Tod bereits in Auge geschaut hat und er dann weiterhin das Leben überschattet... Die Tageszeitung hat davon gar nicht berichtet, die haben in ihrer Notiz nur geschrieben, daß das Urteil revidiert und die Hinrichtung abgeblasen wurde.«

»Ja, das ist wohl so. Die interessieren sich dafür wohl nicht weiter und wissen es vielleicht gar nicht.«

Sven sprang aus dem Sessel auf.

»Dann müssen wir es ihnen sagen! Ich kenne jemanden bei der Tageszeitung hier. Da können wir noch heute hingehen. Wenn wir die Öffentlichkeit dazu bringen können, sich für Roberts Schicksal zu interessieren, bringt das vielleicht auch die Vollstreckungsbehörde zur Vernunft!«

Tatjana schaute zunächst überrascht, dann nachdenklich auf Roberts ehemaligen Kollegen.

»Meinst du, die berichten darüber? Glaubst du, das interessierte die Medien noch?«

»Ja, ich denke schon. Besonders wegen der Wende, die Roberts Geschichte genommen hat. Wie gesagt, ich kenne jemanden bei der Zeitung, wir können gleich hingehen, wenn Robert sich wieder ein wenig erholt hat... und natürlich nur, wenn er einverstanden ist.«

Tatjana trank ein wenig von ihrem Kaffee und überlegte, ob sie die Idee gut fand oder nicht. Öffentlicher Druck hatte schon so manchem geholfen, warum also nicht auch Robert? Sie beschloß abzuwarten, was er dazu sagen würde.

4.

Die Expertin für Spurensicherung Maren Bemeyer öffnete dem Staatsanwalt Martin Hausmann die Tür zur Wohnung des Mannes, wegen dessen Ermordung Robert Werries zum Tode verurteilt worden war. Karl Woszinsky war ein Angestellter der Stadt und lebte alleine in seiner Wohnung am Stadtrand von Berlin. Die Experten der Spurensicherung waren seit dem Vortag in der Wohnung beschäftigt, denn es war erneut eingebrochen worden. Gleich beim Betreten der Wohnung fielen dem Staatsanwalt die Scherben auf dem Flur vor der Schrankgarderobe auf, die offensichtlich von dem Spiegel stammten, der an dessen Tür geklebt worden war. Neben der Schrankgarderobe stand ein beschädigter Stuhl.

»Sieht das überall so aus?«, fragte Hausmann.

»Nein«, antwortete die Expertin. »Das hier ist der einzige Schaden, den der Einbrecher angerichtet hat. Ansonsten hat er die Wohnung wohl nur durchsucht.«

»Es wurde nach der Ermordung eine Inventarliste erstellt. Hatten Sie schon Gelegenheit, sie zu überprüfen?«

»Ja«, erwiderte ihr Kollege Tobias Leipnitzer, »wir sind seit gestern dabei. Gefunden haben wir bisher nichts. Es fehlt nur Geld aus der Brieftasche des Ermordeten, also 500 Euro in Scheinen.«

»Die Nummern der Scheine sind doch auch notiert worden oder?«

Bemeyer nickte.

»Gut«, sagte Hausmann. »Dann hätte ich die Nummern gerne. Die könnten helfen, den Täter zu überführen.«

Die Experten führten den Staatsanwalt durch die bescheiden eingerichtete Wohnung. Die Möbel des Mordopfers durften zwar nicht allzu teuer gewesen sein, machten jedoch einen soliden Eindruck. Die

Schränke waren hoch und boten viel Platz, wie überhaupt der Getötete wohl er pragmatisch gedacht haben mochte, als er seine Wohnung einrichtete. Hausmann zog ein Paar Gummihandschuhe über und schaute in einen der Schränke.

»Eines ist ja wohl sicher«, meinte er dabei. »Herr Werries kann den Einbruch nicht verübt haben, denn er saß zu der Zeit noch in der Zelle und wartete auf seine Hinrichtung. Gut, daß sie nicht vollzogen wurde.«

»Meinen Sie, der Mörder hat eingebrochen?« wollte Leipnitzer wissen. Hausmann wandte sich zu ihm um.

»Ja, das meine ich. Vermutlich hatte er nach dem Mord nicht viel Zeit, sich hier umzuschauen. Er legte die falschen Spuren zu Herrn Werries und wartete mit dem Einbruch bis zu einem Zeitpunkt ab, zu dem er glaubte, daß die Strafe an seinem zweiten Opfer wohl nicht mehr abzuwenden sei. Dann kam er hier in die Wohnung. Gibt es Einbruchsspuren?«

Die beiden Experten schüttelten ihre Köpfe.

»Keine Spur«, bekräftigte Bemeyer. »Es sieht so aus, als hätte der Täter einen Schlüssel benutzt.«

»Das würde erklären, warum wir nur einen Schlüssel hier in der Wohnung gefunden haben. Der Täter hatte von Anfang an vor, zurückzukommen und hier noch in Ruhe zu suchen. Vermutlich würden wir den Mörder und sein Motiv kennen, wenn wir finden was er suchte.«

In dem Moment klingelte es an der Wohnungstür. Staatsanwalt Hausmann öffnete und vor ihm stand ein etwas über fünfzigjähriger beleibter Mann, dessen Haare an den Schläfen zu ergrauen begannen. Hausmann kannte ihn bereits. Es war der Vermieter der Wohnung, der von der Polizei über den Einbruch benachrichtigt worden war. Er reichte Hausmann kurz die Hand und begrüßte ihn. Dabei schlug dem Staatsanwalt der Geruch von Pfefferminzbonbons entgegen, wie bei jeder Begegnung mit dem Vermieter.

»Körber«, stellte er sich kurz den beiden Experten von der Spurensicherung vor.

»Ich nehme an, Sie wollen wissen, wann Sie diese Wohnung wieder vermieten können«, meinte der Staatsanwalt und Körber nickte eifrig.

»Ja, das wüßte ich gerne. Mir wird zwar die Miete bislang erstattet, aber so ganz alles deckt das ja auch nicht ab, und darüber hinaus... Sie verstehen schon.«

»Ja, das verstehe ich. Es tut mir auch leid, daß es so lange dauert, bis die Wohnung freigegeben wird. Ich denke, wir brauchen noch zwei, drei Tage...«

Hausmann sah fragend zu den beiden Experten der Spurensicherung, und diese nickten zustimmend. In dem Moment fiel Körbers Blick auf die Scherben auf dem Flur.

»Oh, ist noch mehr passiert?«, wollte er wissen.

»Nein, nein. Der Einbrecher hat wohl nur seine Frustration darüber herausgelassen, daß er nicht fand was er suchte.«

»Ach so. Ja. Und nächste Woche kann die Wohnung Interessenten zeigen?«

»Warten Sie lieber noch zwei Wochen. Wir werden die Möbel abtransportieren und lagern. Ich rufe Sie an und übergebe Ihnen die Wohnung dann. Haben Sie eine Visitenkarte?«

»Selbstverständlich!«

Der Vermieter kramte etwas umständlich sein Portemonnaie aus der inneren Tasche seines Mantels, entnahm eine Visitenkarte und reichte sie dem Staatsanwalt, der sie in seine innere Jackettasche steckte.

»Darf ich durch die Wohnung gehen?«, fragte Körber. Die beiden Experten sahen einander mit einem Gesichtsausdruck an, der deutlich sagte, daß ihnen das nicht recht war.

»Wir sind noch bei der Spurensicherung«, antwortete Hausmann. »Da wäre es besser, wenn Sie das nicht täten.«

Körber hob kurz seine Hände.

»In Ordnung, in Ordnung. Es war nur eine Frage. Können Sie mir denn sagen, ob es schlimme Schäden an der Substanz gibt?«

Hausmann warf einen kurzen Blick zu den beiden Experten.

»Soweit wir gesehen haben nicht«, erwiderte Bemeyer.

»Allerdings haben wir auch nicht genau darauf geachtet«, ergänzte Leipnitzer. »Aufgefallen ist uns nichts.«

»Gut. Ich vertraue Ihnen«, sagte Körber hastig. »Ich will aber auch nicht weiter stören.«

Hausmann zeigte ein leichtes Lächeln und geleitete Körber auf den Flur.

»Ich werde Sie jedenfalls anrufen, wenn die Wohnung leer ist«, versicherte der Staatsanwalt erneut zum Abschied, womit sich Körber zufrieden zeigte.

»Und ich möchte Ihnen danken, daß Sie so viel Geduld mit uns aufgebracht haben«, setzte Hausmann noch hinzu. »Ich weiß, daß wir sehr lange brauchen, bis wir die Wohnung wieder freigeben. Das hat mit der Ermittlungslage zu tun, und letztlich hatte es ja insofern sein Gutes, als daß der Einbrecher noch in die leere Wohnung kam.«

»Ja, das haben Sie wohl recht«, meinte Körber.

Der Staatsanwalt nickte kurz mit einem leichten Lächeln. Dann macht sich Körber wieder auf den Weg. Hausmann sah ihm eine Zeitlang nachdenklich hinterher. Der ganze Fall stellte sich nun völlig anders dar als vor Gericht, überlegte Hausmann, und wieder einmal befiel ihn ein schlechtes Gewissen mit Blick auf Robert Werries, der der Hinrichtung nur knapp entgangen war. Hausmann fühlte sich mitschuldig, weil er – auch wegen der Überlastung seiner Behörde – in gewisser Weise aus Bequemlichkeit der Spur folgte, die sich ihm anbot und den Fall als leicht erscheinen ließ. Immerhin, so beruhigte er sich, war es ja gutgegangen. Noch.

Robert und Tatjana betraten mit Sven die Redaktion der örtlichen Tageszeitung, wo Sven die beiden zum Schreibtisch des Journalisten Klaus Schneider führten, der gerade einen Artikel in den Computer eingab. Schneiders Schreibtisch befand sich in einem Großraumbüro mit dreißig Arbeitsplätzen, die nahezu alle mit Journalisten besetzt waren, die ebenfalls an ihren Artikeln arbeiteten. Der in seine Arbeit vertiefte Klaus Schneider war etwa in Sven und Roberts Alter, hatte dunkle Haare und war mit einem grauen Pullover und einer schwarzen Hose bekleidet. Sein Schreibtisch bot nicht nur Platz für den Computer, sondern auch für zahlreiche Papiere und Aktenhefter, an denen er gerade arbeitete, als die drei seinen Schreibtisch erreichten.

»Hallo«, sagte Sven. Schneider sah auf.

»Ah, du bist's.«

»Ja. Darf ich dir Robert Werries und seine Frau Tatjana vorstellen?«

Schneider unterbrach seine Arbeit.

»Sehr erfreut. Heute morgen stand etwas über Sie in unserer Zeitung. Es muß ja eine große Erleichterung für Sie sein, daß jetzt alles vorbei ist.«

»Es ist nicht alles vorbei«, erwiderte Robert. Schneider sah ihn leicht ungläubig an, und Sven nickte bekräftigend. Dann erzählte er, wie es Robert ergangen war, wofür er einen immer ungläubigeren Blick Schneiders erntete.

»Unsinn«, meinte Schneider. »Wieso sollte die Vollstreckungsbehörde einen unschuldigen Mann hinrichten lassen?«

»Was weiß denn ich?«, erwiderte Sven. »Vielleicht hängt der Henker gerne Menschen auf oder man hat dort Angst, wieder abgeschafft zu werden, wenn nicht genug Menschen hingerichtet werden...«

»Komm, bitte. Laß den Unsinn. Ich finde das unappetitlich.«

»Das, was mir gerade passiert, ist es auch«, sagte Robert und Tatjana nickte bekräftigend.

»Du kannst ja mal bei der Staatsanwaltschaft anrufen und nachfragen«, meinte Sven. »Dort wird man dir sicher gerne Auskunft erteilen.«

Schneider überlegte eine Zeitlang. Bisher hatte Sven noch nicht versucht, irgendwelche Scherze mit ihm zu machen und ihm eine Ente anzudrehen.

»Wartet hier«, sagte Schneider, sicherte seinen Computer und ging ein paar Schritte durch das Großraumbüro zu einem Büro mit einer Glastür, in dem ein Schreibtisch mit einem Telephon stand. Er schloß die Tür hinter sich und setzte sich an den Schreibtisch. Dort konnte er vom Lärm des Großraumbüros ungestört telephonieren.

»Da bin ich ja mal gespannt«, meinte Robert und beobachtete den Journalisten gemeinsam mit Sven und Tatjana durch die Glastür. Der Journalist sagte etwas und wurde dann offenbar in eine Warteschleife geschaltet, denn er spielte mit leicht gelangweiltem Blick mit einem Kugelschreiber herum. Dann sagte er wieder etwas und warf Sven durch die Glastür einen leicht mißtrauischen Blick zu. Plötzlich wandelte sich der Gesichtsausdruck des Journalisten von Mißtrauen in ungläubiges Erstaunen.

»Jetzt haben sie es ihm gesagt«, meinte Sven, während sein Freund am Telephon damit begann, sich eifrig Notizen zu machen.

»Also gut«, sagte Sven. »Die Sache läuft wohl. Ich kann mir nicht vorstellen, daß sein Redakteur eine solche Story ablehnen wird.«

Nach einiger Zeit kam Schneider wieder aus dem Büro und setzte sich an seinen Platz.

»Also gut.«, sagte er. »Es fällt mir zwar schwer zu

glauben, daß jemand tatsächlich vor Gericht durchsetzen will, daß ein unschuldiger Mensch hingerichtet wird, aber die Staatsanwaltschaft hat mir Eure Geschichte bestätigt. Ich spreche gleich mal mit meinem Redakteur, würde aber gerne noch ein paar Einzelheiten aufnehmen und vor allem wissen, wie Sie jetzt vorgehen wollen.«

Schneider bot den dreien die Stühle an, die vor dem Schreibtisch standen, und sie nahmen Platz. Robert erläuterte, wie es ihm bislang ergangen war und was er nun am Vormittag bei den Anwälten gehört hatte. Dabei bemühte er sich, dem Journalisten nur sparsam Informationen zu geben, weil er sich nicht sicher war, ob ihm die Veröffentlichung nützen oder vielleicht sogar die Anwälte verärgern würde. Denn über eine Strategie für die Öffentlichkeit hatten sie nicht geredet. Zu Roberts Erleichterung interessierte sich der Journalist für diese Details weniger.

Schließlich bat er die drei, auf ihn zu warten, während er mit der Chefredaktion klärte, ob er den Artikel, den er in Anwesenheit der drei verfaßt hatte, einreichen konnte.

Der Chefredakteur las den Artikel aufmerksam und legte ihn mit einem leichten Kopfschütteln auf seinen Schreibtisch.

»Und Sie sind sicher, daß die Vollstreckungsbehörde dies tatsächlich durchziehen möchte?«, fragte er.

»Die Staatsanwaltschaft hat dies bestätigt.«

Der Chefredakteur überlegt einen Moment lang.

»Haben Sie schon mit der Vollstreckungsbehörde gesprochen?«, wollte er nun wissen.

»Nein, noch nicht.«

»Gut. Dann tun Sie es, ergänzen den Artikel gegebenenfalls noch ein wenig und reichen Sie ihn ein. Wir werden darüber berichten. Das ist wirklich ein unerhörtes Ding, und wenn wir das jetzt von dem Betroffenen exklusiv haben, sollten wir das unbedingt morgen bringen.«

Schneider nickte kurz und machte sich mit seinem Artikel zurück auf den Weg zu seinem Arbeitsplatz.

»Okay, ich bin an der Story dran«, verkündete er. Sven nickte zustimmend.

»Das habe ich nicht anders erwartet.«

Staatsanwalt Hausmann legte am späten Nachmittag seine Aktentasche auf seinen Schreibtisch in seinem Büro, wo er bereits acht neue Aktenhefter vorfand. Er schloß für eine halbe Minute seine Augen. Als er sie öffnete, lagen die Hefter noch immer da. Hausmann seufzte.

»Wie jeden Tag.«

Er öffnete die zweitoberste Schublade seines Schreibtisches und nahm eine Telephonliste heraus, aus der er Robert Werries' Namen heraussuchte. Er wählte die Nummer an. Nach kurzer Zeit meldete sich Robert.

»Guten Abend, Herr Werries«, sagte Hausmann. »Ich müßte mit Ihnen etwas besprechen, und zwar nach Möglichkeit morgen vormittag in meinem Büro. Würde Ihnen das passen?«

»Morgen?«, fragte Werries leicht verunsichert. »Ich müßte erst einmal mit meinem Anwalt sprechen...«

»Keine Sorge«, erwiderte Hausmann, während er seine Krawatte etwas lockerte. »Sie brauchen Ihren Anwalt nicht. Die Sache ist zwar nicht ganz angenehm, wird Sie aber nicht belasten, jedenfalls nicht im juristischen Sinne. Wenn Sie allerdings Ihren Anwalt dabei haben möchten, verstehe ich das und wir können morgen noch einmal einen Termin absprechen.«

Schweigen am anderen Ende der Leitung. Selbstverständlich hatte Werries nach allem, was war, jeden Grund, mißtrauisch zu sein, überlegte Hausmann. Auch war die Angelegenheit nicht so eilig, als daß sie nicht noch ein, zwei Tage hätte warten können. Die Spurensicherung würde in der Wohnung des Mordopfers noch ein wenig beschäftigt sein.

»Ja, gut«, sagte Werries nach einer längeren Pause. »Ich werde kommen. Um wieviel Uhr?«

»Sagen wir... zehn Uhr?«

»Ja, zehn Uhr ist gut. Können Sie mir vielleicht schon sagen, worum es in etwa geht?«

Hausmann zögerte und überlegte einen Moment, ob er es lieber hätte, wenn Werries unvorbereitet kommt oder ob er ihm doch besser einen Hinweis gebe, um ihn letztlich nicht zu beunruhigen und vielleicht sogar eine schlaflose Nacht zu bereiten.

»Ich würde Sie gerne... das ist schwer zu erklären... also sagen wir, ich möchte Sie gerne als Zeugen befragen. Sie brauchen sich da wirklich keine Gedanken zu machen. Ihre Unschuld ist einwandfrei erwiesen und ich werde Sie ganz sicher nicht in die Pfanne hauen. Das wäre jetzt etwas schwer zu erklären oder... vielleicht können Sie auch gleich noch vorbeikommen?«

»Ja, gut. Macht es Ihnen etwas aus, wenn meine Frau dabei ist?«

Eigentlich machte es Hausmann etwas aus.

»Nein, Sie können Ihre Frau ruhig mitbringen. Ich verstehe, daß Sie nicht alleine kommen wollen.«

»Gut. Dann kommen wir in einer dreiviertel Stunde?«

»Ja, ich bin in meinem Büro.«

Der Staatsanwalt legte den Hörer auf und nahm sich den obersten Aktenhefter. Auch wenn Werries länger als eine dreiviertel Stunde brauchen sollte – langweilen würde Hausmann sich nicht.

Robert traf mit Tatjana im Büro des Staatsanwalts ein, das mit zahlreichen Aktenschränken, einem Schreibtisch und mehreren Bürostühlen möbliert waren. Aktenhefter stapelten sich auch auf einer kleinen Kommode und dem Fensterbrett. Hausmann bot beiden eine Sitzgelegenheit und etwas zu trinken an.

»Herr Werries,« hob er an, »was ich mit Ihnen zu besprechen habe, ist wahrscheinlich unangenehm für Sie, ein unangenehmer Gedanke. Ich will auch nicht verhehlen, daß ich gerne mit Ihnen alleine gesprochen hätte, aber ich verstehe, nach allem was Sie durchgemacht haben, daß Sie nicht gerne alleine hier mit mir sprechen können.«

»Ich könnte auch draußen warten«, sagte Tatjana, und Hausmann stand kurz davor, ihr Angebot anzunehmen, bemerkte aber sogleich eine gewisse Unruhe bei Robert.

»Nein, nein, Frau Werries, das ist nicht nötig. Bleiben Sie ruhig hier. Ich schulde Ihrem Mann, nach allem, was war, auf ihn einzugehen. Herr Werries, zunächst möchte ich Sie um Entschuldigung dafür bitten, daß ich Sie mit meinen Ermittlungen überhaupt in diese Situation gebracht habe. Wie Sie sehen ist hier stets viel zu tun, aber darunter darf die Sorgfältigkeit meiner Arbeit nicht leiden, und ihrem Fall, so ist mein Eindruck, hat sie etwas gelitten.«

»Ja, also...«, sagte Robert unsicher, »ich weiß nicht so recht... Es ist sehr freundlich von Ihnen, das zu sagen...«

»Es ist die Wahrheit. Und darin liegt auch das Unangenehme, für uns beide. Für mich, daß ich das hätte erkennen müssen, und für Sie, daß der folgende Gedanke Sie beunruhigen dürfte.«

»Sagen Sie doch bitte direkt, worum es geht«, sagte Tatjana.

»Ja, Sie haben recht. Also. Wie Sie wissen, wurden Sie in einem Indizienprozeß wegen Mordes verurteilt, nachdem alle Spuren direkt auf Sie hingewiesen hatten und die Beweisstücke schlüssig waren. Das bedeutet, daß jemand diese Spuren gelegt haben muß. Und mehr noch: dieser jemand, der die Spuren gelegt hatte, muß Sie recht gut gekannt haben, denn er wählte einen Zeitpunkt aus, zu dem Sie zunächst kein Alibi vorweisen konnten, und er legte die Spuren so, daß sie schlüssig zu ihrem Leben paßten.«

Robert schluckte und sah Tatjana kurz an.

»Daran... habe ich noch gar nicht gedacht«, sagte er.

»Sie meinen, der Mörder muß sich unter unseren Freunden oder Bekannten finden?«, fragte Tatjana und begann, an ihrer Jacke herumzuzupfen.

»Eher Freunde als Bekannte, würde ich vermuten«, erwiderte Hausmann. »Wer das gemacht hat, dürfte Sie mehr als flüchtig gekannt haben.«

»Ja, also ich fürchte, dazu kann ich nicht viel sagen«, meinte Robert.

»Wie gut kannten Sie Herrn Woszinsky?«

»Er war eigentlich nur ein gemeinsamer Bekannter von mir und... und Peter. Peter Glaß.«

»Hatten Sie weitere gemeinsame Bekannte?«

»Nein, ich hatte ihn vor mehreren Jahren durch Peter kennengelernt. Wir haben uns auch nicht besonders gut gekannt, nur hin und wieder mal getroffen. Das habe ich ja auch vor Gericht gesagt, daß ich gar kein Motiv hätte, ihn umzubringen.«

»Und wissen Sie, ob Herr Glaß eines hätte?«

Robert und Tatjana sahen einander kurz an.

»Also ehrlich gesagt... nachdem ich selbst schon dem Tod ins Auge geschaut habe, möchte ich eigentlich niemanden in eine solche Situation hineinreiten, auch wenn Peter zu den Freunden gehört, die sich von mir abgewandt haben, als ich vor Gericht stand.«

»Ich verstehe Sie. Ich verstehe Sie wirklich voll und ganz. Sie sollen auch niemanden hineinreiten. Vergessen Sie meine letzte Frage. Sie brauchen nicht zu spekulieren, und wenn Sie eine Frage nicht beantworten wollen, so ist das völlig in Ordnung.«

»Ich weiß nicht viel über das Verhältnis der beiden. Ich glaube, so eng waren sie auch nicht befreundet. Aber eigentlich sind das nur meine eigenen Schlußfolgerungen, also aus dem, wie sie miteinander so umgingen. Ich glaube nicht, daß er zu Peters engeren

Freundeskreis gehörte, aber beschwören will ich das auch nicht.«

»Waren Sie jemals in der Wohnung von Herrn Woszinsky?«

»Nein, wenn ich ihn getroffen habe, dann außerhalb. Und meistens gemeinsam mit Peter. Ich glaube, ich habe den Mann nur ein oder zweimal allein getroffen, und das war dann auch zufällig. Wir haben ein wenig miteinander geplaudert, aber eigentlich weiß ich nicht viel über ihn. Wie ich auch schon vor Gericht sagte.«

»Herr Woszinsky arbeitete in einem Papierwarengeschäft. Herr Glaß ist Beamter im Bauamt. Wissen Sie, wie die beiden sich kennengelernt haben?«

Robert zuckte kurz mit seinen Schultern.

»Nein, das hatte Peter nie erwähnt.«

»Und wie haben Sie Herrn Glaß kennengelernt?«

»Wir gingen schon gemeinsam zur Schule. Dann haben wir uns ein paar Jahre aus den Augen verloren und uns vor etwa zehn Jahren zufällig wiedergetroffen. Seit dem haben wir wieder Kontakt.«

»Kennen Sie Herrn Woszinsky?«, wandte sich der Staatsanwalt an Tatjana.

»Ich habe ihn ein oder zweimal gesehen, als ich mit meinem Mann bei Peter zu Besuch war.«

»Glauben Sie denn, Peter hat ihn umgebracht?«

Staatsanwalt Hausmann machte eine abwägende Bewegung.

»Ich weiß es nicht. In der Sache stehen wir wieder am Anfang. Haben Sie weitere gemeinsame Bekannte oder Freunde mit Herrn Woszinsky?«

Robert und Tatjana schüttelten die Köpfe. Hausmann nickte verstehend.

»Ich möchte Sie bitten, mit niemandem darüber zu reden. Wir sprechen hier nur über eine Möglichkeit. Vielleicht hat auch jemand anderer Herrn Glaß ausgefragt oder beobachtet und ist auf Sie gekommen.

Was wir heute besprochen haben muß nicht heißen, daß Herr Glaß der Mörder ist oder die Möglichkeit jetzt enger einbezogen wird. Insbesondere möchte ich Sie bitten, unsere Unterhaltung gegenüber Herrn Glaß nicht erwähnen.«

»Das ist kein Problem«, meinte Robert. »Er hat ohnehin den Kontakt zu uns abgebrochen.«

»Ich habe ihn noch einmal gesehen«, sagte Tatjana langsam. »Kurz vor deiner geplanten Hinrichtung habe ich ihn in der Stadt getroffen. Es war ein ganz merkwürdiger Zufall. Er kam plötzlich auf mich zugelaufen, als hätte er mich treffen wollen und frage mich nach dir und deiner Hinrichtung aus. Das fand ich eher unangenehm. Ich habe es nicht erwähnt, weil ich dich damit nicht belasten wollte, und als das Urteil gegen dich aufgehoben wurde, hatte ich daran nicht mehr gedacht.«

»Was wollte er wissen?«, fragte der Staatsanwalt.

»Er wollte wissen, wie der Prozeß gelaufen ist und ob es schon einen Termin zur Hinrichtung gebe. Dann sagte er noch, daß es ihm leid täte, daß er sich nicht mehr gemeldet habe, hatte es dann aber plötzlich ziemlich eilig.«

»Wissen Sie noch, wann das war?«

»Kurz nach dem Urteil, im Februar noch. Ich wußte schon das Datum der Hinrichtung und hatte es auch genannt. Später habe ich mich darüber geärgert, daß ich es ihm gesagt habe.«

War es ein Zufall, daß der unbekannte Täter in der Nacht vor Roberts geplanter Hinrichtung in die Wohnung eingebrochen war, überlegte Hausmann. Hat Glaß die falschen Spuren gelegt und wollte sich dann bei Werries Frau davon überzeugen, daß alles geklappt hatte? Und wenn er es war – wieso brach er dann ausgerechnet in der Nacht vor der geplanten Hinrichtung ein? Und der Staatsanwalt fragte sich, ob er sich vielleicht wieder voreilig festlege wie schon einmal in diesem Fall.

»Das ist alles sehr befremdlich«, murmelte Robert plötzlich. »Ich weiß nicht, was ich von alledem halten soll. Ein Freund soll mir das angetan haben?«

Der Staatsanwalt wechselte einen kurzen Blick mit Tatjana und wandte sich Robert zu.

»Herr Werries, das sind alles noch ungelegte Eier«, sagte Hausmann eindringlich. »Ich sagte schon, daß es unangenehm werden würde, und in der Tat ist dieser Gedanke wirklich unangenehm. Sie haben schon viel durchgemacht und ich hätte Ihnen das gerne erspart, aber leider konnte ich es nicht. Ich will Sie nicht quälen oder Ihnen schlaflose Nächte bereiten. Aber früher oder später mußte ich Sie das fragen, und vielleicht ist es jetzt besser gewesen als später noch einmal alles aufzuwühlen.«

»Ich komme schon damit klar«, sagte Robert. »Es ist jetzt vieles, mit dem ich klarkommen muß.«

»Das kann ich mir denken.«

»Sie sollten wissen, daß wir mit der Presse gesprochen haben«, sagte Tatjana plötzlich. »Wir haben mit einem Journalisten darüber gesprochen, daß der Henker weiterhin Robert hinrichten möchte, obwohl er unschuldig ist.«

»Ah«, sagte Hausmann. »Das erklärt die Notiz, die mir meine Sekretärin hinterlassen hat wegen einer Anfrage eines Journalisten. In Ordnung. Das habe ich nicht zu bewerten. Ihr Wunsch, das alles richtigzustellen und aufzuklären ist verständlich. Nur möchte ich Sie bitten, falls Sie noch einmal mit den Medien sprechen – was wahrscheinlich sein dürfte – nicht zu erwähnen, was wir heute besprochen haben.«

»Sie können sich darauf verlassen«, sagte Robert. »Ich bin mir selbst noch nicht sicher, ob der Schritt richtig war.«

Hausmann zuckte kurz mit seinen Schultern.

»Die Pressearbeit macht bei uns jemand anderes,

deshalb kann ich nicht viel dazu sagen. Aber vielleicht schadet es auch nicht, wenn Sie dieses Mal in die Offensive gehen. Was diese Sache angeht, haben Sie mich auf Ihrer Seite. Wenn ich Sie in irgendeiner Form darin unterstützen kann, gegen die Vollstreckungsbehörde in dieser Sache vorzugehen, sagen Sie es mir bitte. Ich glaube, daß versteht außerhalb der Behörde ohnehin niemand, warum die Leute dort so erpicht darauf sind, Sie jetzt noch nach erwiesener Unschuld hinrichten zu wollen.«

»Das würde ich mich auch sehr interessieren, welche Gründe die haben. Ich möchte einfach nur, daß dieser Alptraum vorbei ist.«

Hausmann betrachtete Robert eine Zeitlang. Er hatte seit Beginn des Prozesses über zehn Kilogramm abgenommen, was man ihm ansah, und was auch Hausmann nicht entgangen war. Vor ihm saß ein Mann, der durch den Prozeß und die falsche Beschuldigung auch körperlich sehr gelitten hatte. Hierfür fühlte sich Hausmann auch persönlich verantwortlich und hoffte, daß er das irgendwann und irgendwie wieder gutmachen konnte.

5.

Am Vormittag des nächsten Tages lag die Tageszeitung mit dem Artikel über Robert auf dem Schreibtisch in dem kleinen Büro Professor Tobias Enzers. Auf der Zeitung lag die Brille des Professors, der selbst in seinem schwarzen Drehsessel hinter seinem Schreibtisch saß und sich langsam hin- und herdrehte. Das kleine Büro des Professors war mit Regalen vollgestellt, die mit Büchern der Politikwissenschaft vollgestopft waren. Zusätzlich war er zu dieser Zeit Dekan der Fakultät. Bei Studenten wie auch bei Kollegen und Mitarbeitern war er wegen seiner autoritären Art gefürchtet. Unter der Hand wurde auch darüber gesprochen, daß er über die Jahre mitleidlos geworden war und das Zuhören verlernt hatte. Mitarbeiter führten gar eine Tabelle, an der sich ablesen ließ, wie viele Monate es noch bis Prof. Enzers Emeritierung dauerte. Sven Hermann war dies bekannt, als er das Büro des Professors betrat und sein Blick sogleich auf die aufgeschlagene Zeitung fiel.

»Sie wünschen?«, fragte Enzer.

»Es geht um Robert«, erwiderte Sven.

»Ja, ich habe den Artikel gelesen. Das ist doch Ihr Freund, der den geschrieben hat, oder?«

»Klaus? Ja. Aber das war keine Gefälligkeit. Was in dem Artikel steht, hat sich so abgespielt.«

Enzer klappte eine Schachtel auf und nahm eine Zigarre heraus. Sowohl den ehemals weißen Tapeten als auch den Büchern war anzusehen, daß Enzer gerne in seinem Büro rauchte. Er köpfte die Zigarre und zündete sie an.

»Also nun, was wollen Sie?«

»Robert hat eine schwere Zeit hinter sich gebracht. Er wurde unschuldig verurteilt und ist nun wieder frei. Ich dachte mir, daß wir ihn wieder einstellen könnten.«

Enzer blies ein paar Ringe in die Luft und sah Sven danach eine Minute schweigend an, bevor er antwortete.

»Nein.«

»Warum nicht? Er ist doch unschuldig. Überzeugt Sie der Artikel und die Fakten nicht?«

»Der Mann hat einen monatelangen Prozeß bekommen, an dessen Ende die Richter ihn zum Tod durch den Strang verurteilten. Daß sie da Urteil kassiert haben, beeindruckt mich nicht. Da haben doch viele ermittelt. Glauben Sie nicht, daß er am Ende doch etwas mit der Sache zu tun hat? Ich glaube das. Beim besten Willen kann ich mir nicht vorstellen, daß er so völlig unbeteiligt war und dann in der Todeszelle endete.«

»Ich weiß. Sie waren von Anfang an von seiner Schuld überzeugt.«

»Und Sie von seiner Unschuld.«

»Ja. Und ich hatte recht.«

»Und das meinen Sie wirklich?«

Enzer sah Sven durchdringend an, der sich nicht sicher war, ob es seiner Sache dienlicher war, dem Blick standzuhalten oder den eigenen Blick zu senken. Sven entschied sich für das Standhalten, was Enzer ersichtlich nicht schätzte.

»Ich bin davon überzeugt«, erwiderte Sven mit fester Stimme.

»Sie wissen, daß ich die Stelle längst wieder besetzt habe.«

»Wir haben genug Arbeit und die Möglichkeit, eine weitere Stelle zu erhalten. Die Verwaltung hat uns gerade noch vorige Woche angeboten, zwei Stellen in unserer Fakultät zu schaffen.«

»Die Stellen werden ganz normal ausgeschrieben und ich werde hier gewiß niemanden einstellen, der wegen Mordes vor Gericht stand.«

»Auch wenn er unschuldig ist?«

»Wie ich Ihnen schon sagte glaube ich nicht an seine Unschuld. Und wenn es Ihnen auch schwerfällt, das zu akzeptieren: meine Meinung ist maßgebend. Nicht die Ihre!«

Sven nickte kurz.

»Ja, ich kenne Ihre Einstellung. Nur stellen Sie sich jetzt und hier gegen ein rechtstaatliches Verfahren. Das Gericht hat Robert ohne Wenn und Aber freigesprochen und der Staatsanwalt hat sich persönlich dafür eingesetzt, daß die Hinrichtung verhindert wird. Mehr Freispruch kann ein Verdächtiger gar nicht bekommen. Und Sie stellen sich hin und sprechen einfach ein Urteil über Robert, weil Sie nicht zugeben können oder wollen, daß Sie während des Verfahrens auf der falschen Seite gestanden haben.«

Enzers Gesicht versteinerte.

»Jetzt reicht es!«

»Ja, das finde ich auch.«

»Raus aus meinem Büro! Eine solche Unverschämtheit lasse ich mir von einem kleinen wissenschaftlichen Mitarbeiter nicht bieten!«

Sven seufzte kurz und verließ das verqualmte Büro Enzers. Er ging den gang ein paar Türen entlang, betrat das Büro, das er sich mit zwei weiteren wissenschaftlichen Mitarbeitern teilte und schlug die Tür hinter sich zu.

»Laß mich raten«, sagte sein Kollege Marc Burger, der an einem der drei Tische hinter seinen Laptop saß. »Enzer lehnt es ab, Robert wieder einzustellen.«

»Ja«, knurrte Sven. »Er glaubt immer noch, Robert sei schuldig. Ich habe noch nie einen so sturen und bornierten Menschen wie ihn gesehen.«

Marc tippte ein wenig auf seinem Laptop und rief eine Tabelle auf.

»Zu deinem Trost: Noch 32 Monate, zwei Wochen, drei Tage und neun Stunden bis zu Enzers Emeritierung«, sagte er dann.

»Jede Minute ist schon eine zuviel. Mir hängt dieser Professor so weit zum Halse heraus, daß ich es gar nicht mehre beschreiben kann.«

»Da bist du nicht der einzige.«

»Ich hoffe ja, daß ich nicht noch 32 Monate, zwei Wochen und ... wie viele Tage?

»drei Tage und neun Stunden.«

»... warten muß. Ich hatte ein paar Probevorlesungen und hoffe mal, daß ich in nicht allzu ferner Zukunft einen Ruf an eine andere Uni bekomme.«

»Du Glücklicher. Ich fürchte, ich werde auf seine Pensionierung warten müssen.«

Sven startete seinen Laptop und machte sich daran, an seinem Projekt zu arbeiten, obwohl er sich wegen des Ärgers über Enzer kaum konzentrieren konnte. Er tippte ein wenig auf dem Laptop herum und schloß ihn wieder.

»Sollen wir mal eine Runde um den Block laufen?«, bot Marc an. »Dann bekommst du den Kopf vielleicht wieder frei.«

Sven nickte.

»Ja. Das ist eine gute Idee.«

Auch auf dem Schreibtisch einer der beiden Fraktionsvorsitzenden der Sozialisten im Bundestag lag die Tageszeitung mit dem aufgeschlagenen Artikel über Robert. Katja Stern saß mit einer Tasse Kaffee in der Hand hinter dem Schreibtisch und hatte den Artikel gerade gelesen, als ihr Kollege Bernd Walther das Büro betrat. Stern reichte ihm die Zeitung mit dem Artikel.

»Ja, habe ich schon gelesen«, sagte er. »Das ist ein weiteres Argument gegen die Todesstrafe. Jetzt wollen die schon einen Unschuldigen hinrichten.«

»Ich finde, wir sollten Kontakt mit ihm aufnehmen«, sagte Stern. »Wir sollten ihn unterstützen. Es läuft ohnehin unsere Normenkontrollklage gegen die Todesstrafe. Unser Anwalt könnte sich auch dieses Falles annehmen.«

Der fast zwei Meter große Fraktionschef der Sozialisten zuckte kurz mit den Schultern.

»Kontakt aufnehmen sollten wir, aber im Verfahren dürfte der Mann noch nicht beteiligt sein. Die Vollstreckungsbehörde hat gegen die Aufhebung des Urteils geklagt. Er kann erst aktiv werden, wenn das Gericht die Hinrichtung ermöglicht. Was ich nicht hoffe.«

»Aber das Verfahren zeigt doch die ganze Absurdität der Todesstrafe! Wäre er zu lebenslänglicher Haft verurteilt, wäre längst alles vorbei für ihn.«

»Ja. Ich finde auch, daß wir mit ihm Kontakt aufnehmen sollten. Nur meine ich, daß wir ihm juristisch gegenwärtig noch nicht helfen können. Außer, daß er vielleicht auch vom dem Urteil in unserer Normenkontrollklage profitiert. Wenn die Todesstrafe an sich verfassungswidrig ist, ist auch das Beharren der Behörde auf seine Hinrichtung obsolet.«

Stern sah ihren Kollegen zweifelnd an.

»Ich verstehe jetzt nicht so ganz, worüber du diskutieren willst?«

»Über gar nichts. Wir nehmen Kontakt mit ihm auf und gucken, was er bislang so unternommen hat und ob wir ihm helfen können. Nichts weiter. Aber ich denke, wir sollten dazu einen geeigneten Moment abwarten, so daß nicht am Ende der Eindruck entsteht, daß wir uns aufdrängen wollen.«

Stern zuckte leicht mit den Schultern und packte die Zeitung zusammen. Dann gingen die beiden zur Fraktionssitzung.

In seinem Büro betrachtete Bundeskanzler Wilhelm Mei gerade die Liste der Unternehmer und Verbandvertreter, die er auf seine viertägige Reise nach China mitnehmen wollte, als es an seine Tür klopfte und sein

Bundeskanzleramtsminister Andreas Wegemann den Raum betrat. In seiner rechten Hand hielt er eine überregionale Tageszeitung, die er auf den Tisch des Kanzlers legte.

»Guten Morgen, Herr Bundeskanzler«, sagte er dabei, woraufhin Mei ihm kurz zunickte und einen Schluck Kaffee aus einer Tasse zu sich nahm, die er gerade in die Hand genommen hatte, als Wegemann das Büro betrat.

»Liegen noch wichtige Dinge an?«, frage der hagere Bundeskanzler und setzte die Tasse wieder auf dem Schreibtisch ab.

»Ich denke schon. Seite fünf in der Zeitung.«

Mei schlug die Zeitung auf und überflog die Schlagzeilen.

»Was genau meinen Sie?«

»Die geplatzte Hinrichtung.«

Mei seufzte und setzte seine Lesebrille auf.

»Wegemann, Sie wissen doch, daß mich dieser Mist meines Koalitionspartners nicht interessiert«, knurrte er, während er den Artikel flüchtig las.

»Gut«, sagte er dann und legte die Zeitung auf seinen Schreibtisch. »Da hat der Mann ja Glück gehabt.«

»Nicht so ganz«, erwiderte Wegemann und holte eine Lokalzeitung aus Berlin unter seinem Jackett hervor, die er dem Kanzler mit dem entsprechenden Artikel aufgeschlagen auf den Tisch legte. Auch hier blickte der Kanzler zunächst nur kurz auf den Artikel, stutzte und nahm die Zeitung in die Hand. Wegemann nickte zustimmend, als das Gesicht des Kanzlers immer ungläubiger wurde.

»Die wollen ihn trotzdem hinrichten«, fragte Mei erstaunt. »Warum denn das?«

»Weil es im Gesetz einen umstrittenen Passus gibt, der das ermöglichen könnte«, erwiderte Wegemann. Mei seufzte und sah seinen etwa vierzigjährigen Kanzleramtsminister, der, wie immer, einen dezenten grauen

Anzug mit Nadelstreifen trug an.

»Das halten Sie für wichtig? Erklären Sie mir das bitte. Welcher umstrittene Passus? Sie wissen doch, daß ich diese Geschichte mit der Todesstrafe den Fachpolitikern überlassen und mich selbst nicht darum gekümmert habe.«

Wegemann nahm auf dem Stuhl vor Meis Schreibtisch Platz.

»Also, Herr Bundeskanzler. Die Sache ist so. Als das Gesetz gemacht wurde, sorgten sich unsere rechtsauslegerischen Freunde darum, daß unter öffentlichem Druck der Bundespräsident zu schnell dazu neigen könnte, zu viele Delinquenten zu begnadigen und somit die Todesstrafe auszuhebeln. Deshalb setzten sie sich für einen Passus ein, der die Todesstrafe vierundzwanzig Stunden vor dem festgesetzten Vollstreckungstermin unaufhebbar machen sollte. Im Gesetzgebungsverfahren wurde diese Frist zunächst auf eine Stunde heruntergehandelt und nun stehen zehn Minuten im Gesetz.«

»Was für eine überflüssige Regelung.«

»Ja. Es war auch nicht ganz leicht, den Justizminister dazu zu bringen, die zehn Minuten zu akzeptieren. Ihm schwebte sogar eine Woche vor. Jedenfalls ist dieser Passus jetzt drin und bezieht sich auf die Begnadigung. Unglücklicherweise hat dies eine Debatte in der juristischen Lehre losgetreten, ob dieser Passus auf alle Widerrufe der Todesstrafe anwendbar ist, und es gibt tatsächlich ein paar Juristen, die das vertreten. Wie es nun aussieht, haben Staatsanwalt und Gericht den Freispruches dieses Mannes erst um die acht Minuten vor dem festgesetzten Termin übermittelt und somit einen Präzedenzfall geschaffen, anhand dessen diese Frage nun einer öffentlichen Diskussion zugeführt werden könnte.«

Bundeskanzler Mei schloß seine Augen.

»Das fehlte noch«, sagte er, während er sie wieder

öffnete. »Sie haben recht. Das kann noch zu Problemen führen.«

»Ja, zumal das Verfassungsgericht ohnehin gerade über die Todesstrafe berät und dieser Fall den Gegnern in die Hände spielt. Momentan besteht ein Patt, aber ich weiß, daß Verfassungsrichter Wenger unsicher ist. Wenn er zur Auffassung kommt, daß die Todesstrafe verfassungswidrig ist – und dieser Fall könnte ihn dazu veranlassen –, ist diese Koalition am Ende. In der Rechtspopulistischen Partei wird ohnehin schon gemunkelt, daß wir deren Projekte sabotieren.«

Bundeskanzler Mei faltete die Zeitungen zusammen und reichte sie Wegemann.

»Die verehrten Kollegen der Rechtspopulisten leiden grundsätzlich an Verfolgungswahn«, erwiderte der Bundeskanzler. »Bei denen gehört die Märtyrerhaltung zum politischen Selbstverständnis.«

»Ja, allerdings.«

Wegemann faltete die Zeitungen zusammen.

»Meinen Sie, daß die Probleme schnell auftreten werden?«, fragte Kanzler Mei. »Ich fahre, wie Sie wissen, ab Montag für vier Tage mit einer Wirtschaftsdelegation nach China. Sollte ich besser hier bleiben?«

Wegemann schüttelte kurz seinen Kopf.

»Nein. Ich glaube nicht, daß sich die Sache so schnell entwickeln wird. Sie wird langsam gehren. Die Termine vor Gericht werden nicht so schnell zu haben sein.«

Mei blickte kurz auf seine Armbanduhr.

»Gut«, meinte er. »Machen wir uns auf den Weg zur Kabinettssitzung. Nehmen Sie die Zeitungen mit. Vielleicht brauchen wir sie dort.«

»Ja.«

Mei packte seine Akten zusammen, die er zur Kabinettssitzung mitnehmen wollte.

»Eine persönliche Frage noch«, sagte er, während er die Hefter einsammelte. »Sind Sie eigentlich für oder gegen die Todesstrafe.«

Wegemann, der bereits an der Bürotür angekommen war, wandte sich kurz um.

»Ich? Dagegen.«

Mei nickte.

»Ja. Ich glaube, Sie sind überhaupt gegen die Koalition, die wir geschlossen haben.«

»Das kann ich nicht abstreiten. Ich halte es für einen Fehler, mit solchen Leuten zu koalieren. Früher oder später werden wir in diesen ganzen populistischen Sumpf hineingezogen.«

»Das haben andere auch schon vermutet. Bislang ist es nicht passiert.«

»Meinen Sie? Da wäre ich mir nicht so sicher, Herr Bundeskanzler. Sind Sie eigentlich für oder gegen die Todesstrafe?«

»Ich?«, fragte Mei kurz. »Ich bin dagegen. Eigentlich. Aber grundsätzlich sind mir wirtschaftspolitische Fragen wichtiger als dieses Thema. Deshalb bereitet es mir auch keine Bauchschmerzen, in diesem Punkt den Rechtspopulisten nachgegeben zu haben.«

Wegemann nickte kurz und verkniff sich die Anmerkung, daß er genau dies gemeint hatte mit dem Sumpf, in den die Konservative Partei hineingezogen werden könnte.

»Wer das geschrieben hat, ist gegen die Todesstrafe«, sagte der Behördenleiter der Vollstreckungsbehörde zu seinem Stellvertreter und deutete auf den Zeitungsartikel über Robert Werries. Der Stellvertreter nickte.

»Ganz recht. Ich habe es gelesen. Jedes Wort stimmt.«

Matthias Bertel sah seinen Stellvertreter Thomas Marks leicht zweifelnd an.

»Bei der Sitzung gestern waren Sie auch gegen die Klage. Auf welcher Seite stehen Sie eigentlich?«, wollte Bertels wissen.

»Als Beamter habe ich keine Meinung. Ich tue meinen Dienst an der Stelle, an die ich gestellt werde. Privat lehne ich die Todesstrafe ab.«

»Dachte ich mir.«

»Aber abgesehen davon«, fuhr der zweiundfünfzigjährige Marks fort, der schon in verschiedenen Behörden tätig war, »werden Sie es außerhalb dieser Behörde – und dem einen oder der andren auch innerhalb dieser Behörde – nicht erklären können, wieso wir jetzt auch noch klagen, um einen unschuldigen Mann an den Galgen zu bringen.«

»Weil die Zeit abgelaufen war, in der das Urteil korrigiert werden konnte. Das wissen Sie so gut wie ich. Glauben Sie nicht, daß ich mir auch gewünscht hätte, die Mitteilung wäre eine Viertelstunde eher gekommen? Dann hätten wir jetzt den Salat nicht.«

Marks fuhr sich mit seiner linken Hand durch seine leicht ergrauten Haare. Der konservative Sozialdemokrat war aus einer durch die konservativ-rechtspopulistischen Regierung aufgelösten Behörde in das neugeschaffene Vollstreckungsamt versetzt worden. Im Gegensatz zu Bertel, der nur über das erste juristische Staatsexamen verfügte, war Marks Volljurist. Bertels selbst galt als gemäßigter Anhänger der Rechtspopulisten und war für die Besetzung seines Amtes als Behördenleiter nicht die erste Wahl. Der Ernennung des Wunschkandidaten des rechtspopulistischen Justizministers stand neben der mangelnden fachlichen Eignung eine Verurteilung wegen Volksverhetzung entgegen.

»Ich hatte den Eindruck, daß am Anfang der Sitzung die Mehrheit gegen die Klage war«, sagte Marks mit seinem charakteristischen Berliner Dialekt. »Erst nachdem Sie sich für Ihren Henker eingesetzt hatten, kippte die Stimmung.«

»Mag sein«, knurrte der zehn Jahre jüngere Behördenleiter. »Ich war selbst gespalten, das gebe ich ja zu!

Klar, der Mann ist unschuldig, aber im Gesetz steht es nun einmal so, da konnte man Sieler ja nun nicht ernsthaft widersprechen.«

»Doch, das kann man. Es ist kleinlich und unmenschlich. Ich möchte das Blut von diesem Robert Werries nicht an meinen Händen zu kleben haben.«

»Das werden jetzt die Gerichte zu entscheiden haben.«

»Glück auf!«

»Habe ich Ihnen eigentlich schon einmal gesagt, daß mir Ihre ironische Art zuweilen ganz erheblich auf die Nerven geht?«

»Schon mehrmals. Aber anders kann ich in dieser Behörde nicht überleben.«

»Dann lassen Sie sich doch versetzen!«

»Das würde ich schon gerne, aber jemand hier muß doch die Stimme der Vernunft sprechen. Ich glaube ohnehin nicht, daß diese Behörde noch lange existieren wird. Deshalb muß ich mich also nicht mit dem Antrag auf Versetzung herumschlagen.«

»Ja, ja, ja. Hoffen Sie mal. Das ist noch lange nicht raus. Glauben Sie mir macht das alles Spaß?«

Marks sah seinen Vorgesetzten prüfend an.

»Wollen Sie darauf eine ehrliche oder eine diplomatische Antwort?«

»Mit Ihnen kann man einfach über solche Dinge nicht sinnvoll diskutieren«, erwiderte Bertel feindselig.

»Sie müssen doch zugeben, daß Sie kaum jemanden erklären können, daß jetzt ein erwiesenermaßen unschuldiger Mann hingerichtet werden kann, nur weil die Mitteilung über das neue Urteil acht statt zehn Minuten vor der angesetzten Hinrichtung eintraf.«

»Gesetz ist Gesetz. Wir sind Beamte, müssen also nach Recht und Gesetz handeln und im Gesetz steht drin, daß das Urteil zehn Minuten vor der angesetzten Vollstreckung nicht reversibel ist.«

»Sie wissen aber auch, daß wir rechtswidrige Gesetze

nicht anwenden müssen.«

»Noch hat niemand gesagt, daß das rechtswidrig ist, jedenfalls nicht in Form einer formellen Entscheidung.«

»Kennen Sie die Gesetzesbegründung durch den Bundestag? Da steht noch nicht einmal etwas drin bezüglich dieser doch sehr heiklen Frage. Da wurde nur debattiert, was das Begnadigungsrecht des Bundespräsidenten angeht.«

»Und Sie kennen doch wohl den Gesetzeskommentar von Gebhart/Kaul/Eisenberg, oder? Dort wird klar dargelegt, daß wenn schon eine Begnadigung zehn Minuten vor der angesetzten Hinrichtung nicht möglich ist, auch ein Freispruch nicht mehr möglich sein soll.«

»Ja, ich kenne die skurrile Begründung von Gebhart/Kaul/Eisenberg«, antwortete Marks.

»Skurril«, knurrte Bertel.

»Nach der Lektüre des Kommentars hat sich mir ohnehin nicht erschlossen, warum der Bundespräsident jemanden eine Stunde vor der Hinrichtung begnadigen darf, eine Minute davor jedoch nicht. Und dann finde ich auch die Schlußfolgerung, daß wenn eine Begnadigung nicht möglich sein soll, ein Freispruch ebenfalls die Hinrichtung nicht verhindern können soll. Meiner Meinung nach verkennt der Bearbeiter des Kommentars, daß es schon einen relevanten Unterschied zwischen einer Begnadigung und der Aufhebung eines Urteils gibt, wenn man dieser Argumentation schon folgen will. Begnadigt der Bundespräsident einen Verurteilten, bleibt das Urteil in der Welt, wird aber nicht weiter vollstreckt, während die Aufhebung des Urteils sogleich den Haftgrund oder, in unserem Fall, den Grund für die Hinrichtung beseitigt. Schon deshalb, weil dieser Unterschied bei Gebhart/Kaul/Eisenberg nicht gesehen wird, ist der Kommentar meiner Meinung nach unhaltbar. Das ist übrigens auch der Standpunkt im Kommentar Boder/Weilhem.«

»Sie hätten also nicht geklagt.«

»Wie ich auf der Sitzung gestern auch schon sagte, nein. Ich hätte einfach auf die Hinrichtung verzichtet.«

»Dann wäre allerdings diese nicht unwesentliche Frage ungeklärt geblieben.«

»Die Frage wird sowieso demnächst durch das Verfassungsgericht geklärt werden. Wenn das Verfassungsgericht die Todesstrafe für unvereinbar mit dem Grundgesetz erklärt, sind auch alle anderen Fragen erledigt. Ich verstehe sowieso nicht, warum die vier Verfassungsrichter sich da so schwer tun. Richterliche Zurückhaltung in Ehren, aber bei anderen Fragen ist man im Ersten Senat doch nicht so zimperlich.«

Bertel zeigte kurz ein leichtes Lächeln.

»Das zeigt doch einfach nur, daß das alles nicht so einfach ist, wie Sie meinen.«

»Das zeigt vor allem nur, daß die konservativen Richter die Regierung nicht in Schwierigkeiten bringen wollen. Immerhin gehört die Todesstrafe ja zu einem Kernanliegen Ihrer Parteifreunde.«

»Ah, jetzt sind Sie wohl doch nicht mehr der neutrale Beamte, oder was?«

»Stimmt es denn nicht?«

Bertels wandte sich mit seinem Drehstuhl von Marks ab und sah aus dem Fenster des gemeinsamen Büros. Es hatte nur eineinhalb Stunden nach der Entscheidung über den Freispruch Werries' und dem Abbruch der Hinrichtung gedauert, bis er einen Anruf vom Justizminister bekam – und dieser war sehr entschieden dafür, daß Werries hingerichtet wurde um keinen Präzedenzfall zu schaffen. Bertels war klar, daß der Minister seine Ablösung betreiben würde, wenn er es nicht schaffte, gerade diesen von den Rechtspopulisten durchgesetzten Passus im Gesetz umzusetzen, zumal der Minister ihn nicht besonders mochte, was auf Gegenseitigkeit beruhte.

Marks wußte, daß Bertels im Ministerium wenig Rückhalt hatte, und so stand dieser gleich doppelt unter Druck mit einem Stellvertreter, der die ganze Behörde für überflüssig hielt.

Bertels wandte sich seinem Schreibtisch zu.

»Wir können jetzt sowieso nichts weiter tun«, sagte er betont ruhig und sachlich. »Machen wir also unsere Arbeit statt uns über ungelegte Eier zu streiten.«

Marks verkniff sich ein Grinsen und stand von seinem Schreibtisch auf.

»Ich mache jetzt meine Frühstückspause.«

»Bitte sehr«, sagte Bertels und Marks verließ das Büro.

6.

Noch am selben Tag verschickte Robert die ersten Bewerbungen, um schnell wieder eine Arbeit zu finden, denn daß er nun alleine zu Hause herumsaß, während Tatjana zur Arbeit war, belastete ihn noch mehr. Am frühen Nachmittag schaute Sven bei ihm vorbei und berichtete von seinem Gespräch mit Enzer, woraufhin Robert feststellte, daß sich der Professor in diesem knappen Jahr, das er nun schon nicht mehr an der Uni beschäftigt war, nicht verändert hatte. Sven unterstützte Robert ein wenig beim Schreiben der Bewerbungen, und nachdem Tatjana von der Arbeit zurück war, brachten die drei die Bewerbungen zur Post.

»Ich habe die Befürchtung, daß viele Arbeitgeber so denken wie Enzer«, meinte Robert auf dem Rückweg.

»Das muß aber nicht so sein«, erwiderte Sven. »Ich glaube, daß es gerade unter jenen, die sich professionell mit Politik befassen, viele geben wird – naja, zumindest einige –, die sich in Deine Situation hineindenken werden können und wissen, daß man auch unschuldig vor Gericht stehen kann.«

»Das will ich hoffen«, sagte Tatjana.

»Ist denn schon klar, wann dieser Prozeß um die Vollstreckung der Hinrichtung stattfinden wird?«

»Kann noch etwas dauern«, antwortete Robert. »Der Anwalt hatte mich heute angerufen und meinte, daß es wohl frühestens April oder Mai werden wird, bis der Prozeß beginnt und ein Urteil im Juli fallen könnte. Das wäre noch schnell.«

»Die Verwaltungsgerichte haben jetzt auch vermutlich viel zu tun. Aber vielleicht ziehen sie den Fall ja vor.«

»Darauf würde ich nicht wetten wollen.«

»Es hilft aber nichts. Du kannst nicht die ganze Zeit darüber grübeln, daß du doch noch hingerichtet wirst obwohl du gar nichts getan hast.«

»Das ist aber die Absicht des Henkers. Ich kann diesen Gedanken nicht einfach verdrängen. Er verfolgt mich Tag und Nacht. Ich hatte mit meinem Leben bereits abgeschlossen, und nun geht erst einmal weiter – auf Widerruf!«

Sven sah Tatjana an, die zustimmend nickte.

»Ich glaube, wir können uns nicht vorstellen, was in Robert vor sich geht«, sagte sie dann.

»Das will ich auch gar nicht behaupten und ich wollte das auch nicht auf die leichte Schulter nehmen. Ich finde nur den Gedanken beängstigend, daß das jetzt dein Leben bestimmen soll, Robert. Es ist total absurd und abwegig, dich für eine Tat mit dem Tode bestrafen zu wollen, die du gar nicht begangen hast. Ich hoffe, die Verwaltungsrichter machen mit dem Unsinn jetzt schnell Schluß.«

Robert seufzte.

»Ja, es tut mir leid. Ich will euch damit nicht belasten. Aber so leicht komme ich davon nicht weg.«

»Du belastest niemanden!«, rief Tatjana aus und Sven nickte bekräftigend.

»Robert, du hast eine Frau und Freunde, die für dich da sind, gerade jetzt in dieser für dich schweren Zeit«, sagte Sven.

»Ich weiß das zu schätzen«, sagte Robert versunken. Die drei kamen vor dem Haus an, in dem Robert und Tatjana wohnten und fuhren mit dem Fahrstuhl in den dritten Stock. Als sie die Wohnung betraten, entschuldigte sich Robert, er wolle sich ein wenig hinlegen und verschwand im Schlafzimmer. Tatjana und Sven gingen ins Wohnzimmer und schlossen die Tür.

»Er hat heute nacht wieder kaum geschlafen«, sagte Tatjana.

»Das kann ich mir denken«, erwiderte Sven.

»Ich mache mir Sorgen um ihn. Tagsüber muß ich arbeiten und er sitzt dann hier in der Wohnung alleine herum und grübelt. Ich hatte ihm vorgeschlagen, ein Buch zu schreiben, und er hat das auch angefangen, ist aber über die Einleitung nicht hinausgekommen. Er kann sich nicht konzentrieren. Ich habe die Befürchtung, daß ihn das auch bei einer Arbeit beeinträchtigen könnte, wenn er eine bekommt.«

Sven seufzte.

»Ich kann euch da auch nichts raten. Es ist wie es ist. Alles hängt jetzt von der Klage ab, und die dauert. Meine Befürchtung ist, daß Robert vorher nicht zu sich zurückfinden wird. Er hat sich sehr verändert, was mich nicht wundert. Ich wünschte, Enzer wäre nicht so engstirnig. Könnte Robert wieder bei uns arbeiten, wäre alles nicht so schwierig.«

»Ja. Aber das entfällt ja wohl vorläufig.«

Sven nickte versunken. Daß gerade dieser Weg für Robert verschlossen war, war seiner Auffassung nach eine besondere Tragik. Doch zur Zeit sah Sven keinen Ausweg, daran etwas zu ändern.

»Habt Ihr eigentlich schon mal mit deinem Vater über seinen Zustand gesprochen?«, fragte er.

»Mit Paps? Du weißt, was Robert von Psychologen hält.«

Tatjana dachte an den Tag, als sie Robert ihrem Vater vorgestellt hatte. Es war der Tag, an dem sie auch seine Einstellung zu Psychologen kennenlernte, denn zuvor hatte sie nie mit Robert über den Beruf ihres Vaters gesprochen. So kam es, wie es kommen mußte – ihr Vater sprach über Psychologie – ohne zu erwähnen, daß er selbst Psychologe sei - und Robert ließ die Bemerkung fallen, daß alle Psychologen wohl selbst ein psychisches Problem hätten, denn sonst würden sie wohl nicht Psychologie studieren. Trotz dieses Fehlstarts in der Beziehung zwischen ihrem Vater und ihrem künftigen Mann kamen beide schließlich doch gut miteinander aus.

»Ja, ich weiß«, erwiderte Sven. »Das ändert aber

nichts dran, daß langfristig gesehen es vielleicht doch recht gut sein könnte... also... ich meine, daß Robert, wenn diese Situation noch länger andauert und er damit nicht zurechtkommt, etwas psychologische Hilfe brauchen könnte.«

»Vermutlich hast du recht, aber ich weiß nicht, was passieren muß, damit Robert sich überwindet und einen Psychologen aufsucht.«

»Da könnte es doch nicht schaden, wenn ihr mal unverbindlich mit deinem Vater redet.«

Tatjana atmete einmal schwer und zupfte an ihrem Pullover herum.

»Darüber werde ich mal nachdenken und schauen, wie ich das hinbekomme ohne daß Robert sofort merkt, worum es geht.«

Sven grinste. Er wußte, daß Robert durchaus schwierig sein könnte, wenn er etwas tun sollte, was er absolut nicht wollte.

»Ich finde, ihr solltet das bald tun. Er ist so neben der Spur und eine Lösung der Situation ist gerade nicht in Sicht, da könnte er Hilfe gut gebrauchen.«

Wem sagst du das, dachte Tatjana.

Die Kabinettssitzung zog sich hin. Nachdem die ersten drei Tagesordnungspunkte abgehandelt worden waren, hatte Wegemann die Zeitungen mit den Artikeln über die Hinrichtung nach oben auf den Tisch gelegt. Der neben ihm sitzende Finanzminister, ebenfalls von der Konservativen Partei, hatte einen kurzen Blick darauf und dann zu Mei geworfen, der nur kurz seinen Kopf geschüttelt hatte.

Auch während der weiteren Sitzung sprach niemand über das Thema der Hinrichtung, bis Wegemann selbst sie ansprach.

»Ich weiß nicht, ob sie alle davon gehört haben, aber in den Medien wird über die geplante Hinrichtung eines Mannes geschrieben, der zuvor vom Gericht für unschuldig erklärt wurde«, sagte Wegemann. Justizminister Gobenhagen nickte.

»Ja, das ist mir bekannt. Die Behörde hat zu lange für die Mitteilung gebraucht, nun muß er eben hängen.«

»Das ist nicht Ihr ernst«, wandte der Finanzminister ein. »Sie können doch nicht einen Mann hinrichten lassen, dessen Unschuld erwiesen ist.«

»Alles nach Recht und Gesetz«, erwiderte Gobenhagen.

»Nein«, sage Mei knapp. »Ich halte das auch für einen Fehler. Weisen Sie Ihre Behörde an, die Hinrichtung zu unterlassen und den Widerstand gegen den Entscheid aufzugeben.«

Gobenhagen lehnte sich in seinen Sessel zurück, verschränkte die Arme vor der Brust und schüttelte seinen Kopf.

»Nein. Das werde ich nicht tun.«

»Dann sind Sie dümmer als ich dachte«, sagte der Kanzleramtsminister.

»Das sollten Sie schnell zurücknehmen«, fauchte die Umweltministerin, die ebenfalls zu den Rechtspopulisten zählte.

»Nein«, sagte Wegemann. »Mit dem Fall eröffnen Sie den Gegnern der Todesstrafe ein hervorragendes Argument. Wenn Sie wollen, daß Ihr zweites großes Projekt auch noch scheitert...«

»Unser Projekt«, fuhr Gobenhagen dazwischen.

»Ihr Projekt«, sagte Kanzler Mei ruhig. »Es stand nur in Ihrem Wahlprogramm, nicht in unserem.«

»Sind nicht alle Projekte dieser Regierung unsere Projekte?«, fragte Gobenhagen.

»Solche Solidarität kenne ich sonst nicht von Ihnen. Als es um die Einschränkung des Asylrechts ging, haben Sie in der Öffentlichkeit stets behauptet, daß das Ihr Erfolg sei.«

»Das ist ja wohl etwas anderes.«

»Ach so?«, fragte Wegemann. »Bekommen Sie schon

erste Anzeichen kalter Füße?«

»Wir stehen zu unserem Projekt«, erwiderte Gobenhagen. »Und deshalb ist dieser Mann hinzurichten.
Sorgen Sie lieber dafür, daß Ihre Leute vor dem Verfassungsgericht auf Linie bleiben!«

Mei und Wegemann tauschten einen kurzen Blick aus,
mit dem sie festlegten, wer von ihnen darauf antworten würde.

»Das Bundesverfassungsgericht ist unabhängig«, sagte
Wegemann schließlich. »Sie sollten dies zur Kenntnis
nehmen. Wenn Sie ständig beteuern, daß Sie zu unserer Demokratie stehen, sollten Sie auch die Institutionen unseres Staates respektieren.«

»Das tue ich. Sie hoffentlich auch.«

»Ich bestimme die Richtlinien der Politik«, sagte
Kanzler Mei. »Und ich halte diesen Vorgang für ein zu
hohes Risiko für den bevorstehenden Prozeß vor dem
Verfassungsgericht. Da sieht es ohnehin nicht gut aus
für die Todesstrafe. Wenn Sie aber tatsächlich darauf
beharren, dieses unsägliche Vorgehen Ihrer Behörde
decken zu wollen, gefährden Sie den ohnehin fragli-
chen Erfolg des Verfahrens.«

»Wenn Sie mich anweisen, die Behörde daran zu hindern, sich für ihre Rechtsauffassung einzusetzen, ist
diese Koalition zu Ende«, blaffte Gobenhagen. Die
Minister sahen nun alle auf den Bundeskanzler, der
selbst einmal kurz in die Runde schaute.

»Also gut«, brummte er schließlich. »Machen Sie, was
Sie wollen. Sie werden sehen, wohin das führt.«

Kurz bevor die Experten der Spurensicherung an
jenem frühen Freitag nachmittag ihre Arbeit beende-
ten, schaute Staatsanwalt Haussmann noch einmal in
der Wohnung des Mordopfers vorbei. Die Experten
waren schnell vorangekommen und schlossen die
Arbeit bereits an jenem Nachmittag ab. Dabei erklär-
ten sie, daß sie nichts Neues gefunden hatten. Wer

immer in die Wohnung eingebrochen war, hatte bis auf die Scherben des Spiegels keine neuen Spuren hinterlassen.

»Von uns aus ist die Arbeit beendet«, sagte Bemeyer und beifälligem Nicken von Leipziger. »Die Möbel können jetzt abtransportiert und eingelagert werden.«

Hausmann warf einen kurzen Blick auf seine Armbanduhr.

»Gut, dann werde ich veranlassen, daß das gleich am Montag geschieht. Der Vermieter ist zu Recht ungeduldig. Vermutlich hätten wir die Wohnung längst freigeben sollen, aber wie das so ist... viel Arbeit und die Hoffnung, noch etwas zu finden.«

»Die Wohnung ist jetzt zweimal gründlich untersucht worden und wir haben nichts gefunden«, sagte Leipziger. »Ich fürchte, der Tatbeweis muß anders erbracht werden als mit Spuren aus dieser Wohnung. Die ersten Spuren hatten uns ja wohl gründlich in die Irre geführt. Was ist denn nun eigentlich mit diesem Werries? Ich habe in der Zeitung gelesen, daß die Vollstreckungsbehörde ihn noch immer hinrichten will.«

Hausmann winkte kurz ab.

»Das ist in der Tat eine der Absurditäten in diesem Fall. Ich fühle mich da durchaus mitschuldig, weil ich nicht gründlich genug ermittelt habe. Die Behörde will klagen und die Hinrichtung durchsetzen. Der Mann ist verzweifelt, seine Frau auch. Ich hoffe mal, daß bereits das erste Verfahren vor dem Verwaltungsgericht die Sache beenden wird. Noch schöner wäre es natürlich, wenn wir passend zum Verfahren den tatsächlichen Täter präsentieren könnten.«

»Haben Sie denn schon einen Verdacht?«, fragte Bemeyer.

»Ja, vielleicht. Aber so ganz ohne Spuren...«

»Es müßte jemand sein, der ihn kannte. Das hilft jetzt

zwar nicht viel weiter, aber alle DNA-Spuren, die wir hier gefunden haben, gehörten zu Freunden und Bekannten des Mordopfers.«

Hausmann nickte.

»Ja, darüber habe ich mir auch schon Gedanken gemacht. Ich bin mir da auch ziemlich sicher, daß es jemand sein muß, der das Opfer kannte. Das Opfer und wohl auch Herrn Werries. Ich habe da auch schon jemanden im Visier, nur das Motiv fehlt noch.«

»Das Motiv kann vieles gewesen sein. Ein Streit unter Freunden... vielleicht waren beide nicht nüchtern...«

»Möglich. Aber spekulieren hilft jetzt nicht, vielleicht bringen ja die neuen Ermittlungen etwas.«

Die beiden Experten packten ihre Geräte zusammen und verließen mit Hausmann zusammen die Wohnung. Hausmann sah den Flur entlang. An den Flur, der zum Treppenhaus führte, grenzten versetzt vier Wohnungen. Von der Wohnung Woszinskys aus mußte der Täter an keiner Wohnungstür mehr vorbeigehen um das Treppenhaus zu erreichen. Der Nachbar hatte zwar ein Geräusch gehört, das vermutlich die Zerstörung des Spiegels verursacht hatte, sich jedoch nicht getraut, aus der Wohnung zu schauen, nachdem dort bereits ein Mord passiert war. Und durch den Türspion konnte er nicht sehen, wer aus der Wohnung kam. Die Wohnung schräg gegenüber, von der aus durch den Türspion zu sehen gewesen wäre, wer die Wohnung Woszinskys verläßt, war seit drei Monaten unbewohnt. Vermutlich wäre der Krach dort auch nicht zu hören gewesen, wenn der Bewohner nicht zufällig gerade auf dem Wohnungsflur gewesen wäre.

Die Treppe führte ins Erdgeschoß, wo der Täter das Haus nach vorne heraus verlassen konnte, so daß der Nachbar, dessen Wohnung wie die Woszinskys nach hinten hinauswies, diesen ebenfalls nicht hätte sehen können. Somit hatte der Täter alle Vorteile auf seiner

Seite.

»Wollen wir gehen?«, fragte Bemeyer den Staatsanwalt, der noch immer regungslos vor der Wohnungstür des Mordopfers stand.

»Ja«, erwiderte Hausmann. »Ja, wir gehen.«

Robert tauchte wieder im Wohnzimmer auf. Sven war inzwischen gegangen. Er hatte länger geschlafen als er eigentlich wollte, jedoch hatte er es nötig. Er setzte sich auf das Sofa neben seine Frau und strich ihr kurz durch das schulterblattlange dunkle Haar.

»Ich fürchte, in den nächsten Tagen hast du nicht viel Freude an mir«, sagte er bedrückt.

»Unsinn«, erwiderte Tatjana. »Meine größte Freude ist, daß du der Hinrichtung entgangen bist. Es war bis hierher schon eine so schwere Zeit, und den Rest stehen wir auch noch gemeinsam durch.«

Robert versuchte ein leichtes Lächeln.

»Ohne dich hätte ich es auch nicht durchgestanden.«

»Ich habe mir überlegt, daß wir deine Freilassung vielleicht doch ein wenig feiern sollten. So im kleinen Kreis mit deiner Mutter und meinem Vater. Was meinst du? Wenn wir das mal ein wenig würdigen, daß du wieder frei bist, bekommst du vielleicht auch positivere Gedanken.«

Tatjana sah auf den ersten Blick, daß Robert nicht viel von dem Vorschlag hielt, doch zu ihrer Überraschung erklärte er sich damit einverstanden, mit den Eltern essenzugehen. Daß beide nur noch ein Elternteil hatten, war eine Gemeinsamkeit, die sie schon lange teilten. Roberts Vater war bei einem Autounfall ums Leben gekommen, als er drei Jahre alt war. Seine Mutter zog ihn somit alleine auf. Früh verlor auch Tatjana ihre Mutter, die einem seltenen Krebsleiden erlag, als ihre Tochter fünf Jahre alt war. So wuchs sie alleine bei ihrem Vater auf.

Zu einem gewissen Maße erleichtert, daß Robert sich

auf den Vorschlag zumindest einließ, machte sich Tatjana sofort daran, das gemeinsame Essengehen für den folgenden Sonntag zu organisieren. Beide Eltern sagten sogleich etwas überrascht zu. Damit war der erste Schritt geschafft und Tatjana hoffte drauf, bis zum Sonntag abend ihren Vater noch ein wenig in die Problematik einweisen zu können. Robert schien zumindest noch keinen Verdacht geschöpft zu haben.

»Wir sollten am Wochenende mal ein wenig wegfahren«, sagte Tatjana. »Wir haben so lange nicht die Gelegenheit gehabt, etwas miteinander zu unternehmen.«

Robert sah sie etwas müde an.

»Ich weiß, daß du nicht richtig in der Stimmung bist, etwas zu unternehmen«, fuhr Tatjana fort. »Aber daß du immer zu Hause herumsitzt und dir Gedanken machst, ist doch auch nicht besser.«

»Vermutlich hast du recht. Wir fahren morgen mal ein wenig raus und laufen ein wenig.«

7.

Noch am Wochenende hatten sich mehrere Journalisten bei Robert gemeldet, die über den Artikel in der Tageszeitung auf den Fall aufmerksam geworden waren, und zwei von ihnen hatten ihn am Samstag interviewt. Am Nachmittag des Samstages machten Robert und Tatjana ihren Ausflug. Beide waren froh, daß sie damit auch weiteren Anfragen entkommen und die ganze Angelegenheit ein wenig hinter sich lassen konnten.

Auch am Sonntag machten die beiden nach dem Frühstück einen Ausflug und waren bis zum frühen Nachmittag unterwegs. In der Zeit nahm Tatjanas Optimismus wieder zu, daß Robert die Angelegenheit eines Tages völlig hinter sich lassen würde. Gleichwohl spürte sie, daß es Robert schwer fiel, wirklich abzuschalten, was für sie keine Überraschung war. Auch sie hatte in den letzten Nächten schlecht geschlafen und sich Gedanken gemacht. Dies hatte sie jedoch Robert gegenüber verschwiegen, weil sie ihn damit nicht auch noch belasten wollte.

Als sie am frühen Nachmittag zurück zu ihrer Wohnung kamen, fanden sie auf ihrem Anrufbeantworter mehrere Anfragen von Journalisten vor. Tatjana entschied mit Roberts sofortiger Zustimmung, daß am Sonntag eben Sonntag sei und sie am Montag zurückrufen würden. Wieder einmal legte sich Robert eine Weile hin bevor sie sich die beiden am frühen Abend auf den Weg zu dem Restaurant machten, in dem sie mit ihren Eltern Roberts Freilassung ein wenig feiern wollten.

Die beiden kamen vor ihren Eltern an, gefolgt von Roberts Mutter und Tatjanas Vater Torsten Bergheim. Zunächst studierten sie die Menükarten und machten ihre Bestellung. Tatjana versuchte, ihre leichte Aufregung zu verbergen, denn sie hatte keine Gelegenheit bekommen, vor dem Essen mit ihrem Vater zu sprechen.

»Ich bin so froh, daß erst einmal alles gutgegangen ist«, sagte Kathrin Werries. »Der Staatsanwalt scheint ja doch ganz vernünftig zu sein.«

»Ja, den Eindruck habe ich auch«, brummte Robert abwesend.

»Was habt ihr denn die letzten Tage gemacht?«

»Naja, waren beim Anwalt, haben das in die Zeitung gebracht...«

»Ja, das habe ich gelesen«, warf Torsten ein. »Ich finde es ungeheuerlich. Das hätte ich in unserem Land nicht für möglich gehalten! So etwas kommt davon, wenn man die Rechtspopulisten an die Regierung läßt. Die infizieren die ganze Verwaltung!«

Robert nickte zustimmend.

»Ich hoffe, sie haben nicht auch die Gerichte infiziert«, meinte er dann.

»Wir sollten jetzt ein wenig optimistisch sein«, meinte Kathrin. »Wenn du jetzt frei bist, solltest du das auch bleiben. Immerhin bist du ja richtig freigesprochen worden.«

»Ja«, erwiderte Robert. »Wenn da nicht diese ungeklärte Frage wäre. Ich bin ja kein Jurist sondern nur ein einfacher Politikwissenschaftler und kann das nicht so beurteilen, wie die Juristen darüber denken.«

Tatjana berührte Roberts Hand.

»Kleine Korrektur«, widersprach sie. »Du bist ein guter Politikwissenschaftler.«

»Das wird sich zeigen. Eigentlich möchte ich auch gerne wieder im politikwissenschaftlichen Bereich arbeiten.«

»Aber da spricht doch nichts dagegen«, warf Torsten ein. »Es ist gut, wenn die Zeitungen jetzt deutlich darauf hinweisen, daß du unschuldig bist und die bisherige Berichterstattung über deinen Fall korrigiert wird.«

»Auch das wird sich zeigen. Prof. Enzer hält mich nach wie vor für schuldig. Sven hat ihn darauf angesprochen, mich wieder einzustellen und er hat es kategorisch abgelehnt und meinte, ohne Grund sei ich ja wohl nicht verurteilt worden.«

»Ein bösartiger Mensch«, meinte Kathrin. »Ich hoffe, es sind nicht alle möglichen Arbeitgeber so. Es wird doch sicher gerade in deinem Bereich Leute geben, die wissen, daß es auch Justizirrtümer gibt.«

»Hat der Staatsanwalt eigentlich mal was dazu gesagt, wie er dazu gekommen ist, dich anzuklagen?«, wollte Torsten wissen. Robert zögerte und sah Tatjana kurz an.

»Ja, also... ich darf darüber noch nicht so recht reden. Wenn es soweit ist, erzähle ich es euch natürlich.«

»Dann hat er aber schon eine neue Spur?«

»Ja, das sieht so aus. Er hat sich auch entschuldigt und macht sich selbst Vorwürfe. Ich kann das alles soweit nachvollziehen. Wir waren auch beim Anwalt und haben uns auf das, was bevorsteht, vorbereitet.«

»Das ist jetzt eine schwierige Zeit, die vor dir liegt.«, sagte Torsten. »Wie verkraftest du das? Hast du Schlafstörungen?«

»Ja«, gab Robert zu. »Genauer gesagt, ich kann nachts kaum schlafen. Dafür ruhe ich dann tagsüber öfter.«

»Wenn du willst, empfehle ich dir ein leichtes, pflanzliches Beruhigungsmittel. Das macht nicht abhängig und kann dir über diese Zeit etwas helfen.«

Tatjana zupfte ein wenig an ihrem Pullover herum, während Robert dankend ablehnte.

»Nein, ich will es möglichst ohne Tabletten schaffen.«

»Ich will dir ja auch keine Schlafmittel empfehlen. Davon halte ich ja auch nichts. Aber manchmal kann es schon helfen, mit etwas Baldrian für mehr innere Ruhe zu sorgen.«

Robert versuchte ein leichtes Lächeln.

»Wenn es in der nächsten Woche so weitergeht, denke

ich mal über Baldrianperlen nach.«

»Hast du schon einmal darüber nachgedacht, eine Kur zu beantragen oder sonstwie mal für längere Zeit wegzufahren?«, fragte Kathrin.

»Ich bin mir nicht sicher, ob das wirklich helfen würde«, erwiderte Robert. »Das käme für mich nur dann in Frage, wenn wirklich klar ist, daß ich nicht hingerichtet werde. Was ich auch tue, ich kann da einfach nicht abschalten.«

»Es ist einfach eine Schande, daß die Hinrichtung überhaupt zur Debatte steht«, sagte Kathrin. »Das hätte gar nicht erst ermöglicht werden dürfen. Und wenn es schon ermöglicht wird, sollten wenigstens keine erwiesenermaßen unschuldigen Menschen diesem Wahnsinn zum Opfer fallen.«

Torsten nickte beifällig.

»Wir wollten ja auch ein bißchen feiern und nicht nur Probleme wälzen«, warf Tatjana ein. »Aber ich glaube, danach ist mir im Moment auch nicht richtig zumute.«

»Wie geht es denn bei euch jetzt weiter?«, fragte Torsten. »Wie kommt ihr finanziell klar, jetzt, wo nur Tatjana arbeitet?«

»Naja, es geht so«, erwiderte Robert. »Ich bekomme demnächst die Haftentschädigung, die uns ein wenig Luft verschafft, aber nicht viel. Ich habe mich bereits bei verschiedenen Stellen beworben und kann jetzt nur abwarten, wie darauf reagiert wird.«

»Wenn ich euch helfen kann...«

»Danke, darauf kommen wir vielleicht zurück«, erwiderte Tatjana. »Aber im Moment ist es noch nicht nötig.«

»Ich finde es wichtig, daß du bald wieder eine Stelle bekommst«, sagte Tatjanas Vater zu Robert. »Das wird dir auch helfen, auf andere Gedanken zu kommen.«

»Ja, aber ich fürchte nur, daß die ganzen Beeinträchtigungen meine Chancen verschlechtern. Wie gesagt,

Prof. Enzer meint, ich wäre ja nicht ohne Grund vor Gericht gekommen, und wer mich nicht kennt und nur die Medien verfolgt hat, denkt das vielleicht erst recht.«

Kathrin seufzte.

»Ich fürchte, wir können da heute abend nicht viel machen sondern nur die nächste Zeit abwarten«, sagte sie dann mit leichter Resignation in der Stimme. »Das Wichtigste ist aber doch erst einmal geschafft, Robert. Du sitzt nicht mehr im Gefängnis und wurdest auch nicht hingerichtet. Das sollte uns doch alle eigentlich hoffnungsfroh stimmen, daß auch alles weitere gutgeht.«

»Ja«, murmelte Robert. »Und das wird noch dauern.«

Auch den Rest des Abends über wollte nicht so recht eine Feierstimmung aufkommen. Nachdem sie gegessen hatten, saßen sie noch eine Zeitlang zusammen und beschlossen dann, den Abend zu beenden. Nachdem Tatjana und Robert gefahren waren, standen ihre beiden Elternteile noch auf dem Parkplatz und sahen ihnen nach.

»Ich mache mir Sorgen um Robert«, sagte Kathrin. »Er ist so in sich gekehrt. Das war er zwar schon immer ein wenig, aber jetzt...«

Torsten nickte zustimmend.

»Das ist mir auch aufgefallen. Ich sehe da Anzeichen einer Depression, die sich ausbilden könnte. Deshalb fände ich es wichtig, wenn die Situation schnell geklärt wird. Allerdings mache ich mir da keine Illusionen. Solche Prozesse dauern lange, insbesondere wenn die Behörde im Falle einer Niederlage in Revision geht. Ich habe einige Patienten gehabt, die unter solchen Situationen sehr gelitten haben.«

»Was kann man denn dagegen tun? Sie wissen ja, was mein Sohn von Psychologen hält.«

Torstens Lippen umspielte ein leichtes Lächeln, als er daran dachte, wie seine Tochter ihm ihren Freund vorgestellt hatte.

»Ja, das weiß ich. Aber ich werde mal sehen, daß ich Tatjana alleine sprechen kann und ihr sagen, daß sie ein Auge darauf haben soll, wie sich die psychische Verfassung bei Robert weiterentwickelt. Ich hoffe, daß sie vielleicht Einfluß auf ihn nehmen kann, sich helfen zu lassen.«

Kathrin nickte.

»Ich danke Ihnen.«

»Aber das tue ich doch gerne. Es sind ja schließlich unsere Kinder, sozusagen.«

Nun lächelte auch Kathrin.

»Sie haben recht. Das werden die beiden aber nicht gerne hören, daß sie Kinder sind.«

»Ja. Aber sind wir Eltern nicht immer so?«

»Ich glaube, darüber denke ich mal ein wenig nach.«

Die beiden verabschiedeten sich und fuhren jeweils zu sich nach Hause.

Als Robert und Tatjana zu Hause ankamen, war es wenige Minuten nach 20 Uhr. Robert schaltete den Fernseher ein und guckte den Rest der Nachrichten, während Tatjana sich zu ihm setzte. Den anschließenden Spielfilm wollten beide nicht sehen. Nachdem Robert ein wenig durch die Programme geschaltet hatte, schaltete er den Fernseher ab. Ihm war einfach nicht danach, fernzusehen, und Tatjana ging es genauso.

»Bist du müde genug, um zu schlafen?«, fragte Tatjana. Robert zuckte kurz mit seinen Schultern.

»Ich weiß es nicht. Eigentlich... nicht. Aber wenn du schon müde bist, kannst du ruhig schlafengehen.«

Tatjana seufzte.

»Naja, richtig müde bin ich nicht. Nicht müde und nicht munter. Ich wünschte, wir könnten etwas tun, damit es schneller vorbei ist.«

»Das können wir nicht. Der Anwalt sagte ja, daß wir in dem bevorstehenden Verfahren um meine Hinrichtung nicht einmal Partei sind. Ich werde einfach versuchen, die Ungewißheit zu ertragen und hoffen, daß es nicht zu lange dauert.«

Tatjana legte ihre Arme um Robert und drückte ihn.

»Und ich will versuchen, dir dabei so gut wie möglich zu helfen.«

8.

Am nächsten Morgen ging Tatjana nach dem Frühstücken zur Arbeit. Kurz nachdem sie weg war, klingelte das Telephon, und der Staatsanwalt war am Apparat. Er bat Robert, am späten Nachmittag noch einmal zu ihm ins Büro zu kommen, weil er noch ein paar Fragen hatte, die er gerne mit ihm und seiner Frau besprechen wollte, und Robert sagte zu. Gegen 16 Uhr würde seine Frau wieder zu Hause sein, teilte er dem Staatsanwalt mit, so daß er dessen Büro gegen 17 Uhr aufsuchen könnte.

Der Staatsanwalt war damit einverstanden und machte sich anschließend auf den Weg zum Gericht, wo er in mehreren Fällen die Anklage zu vertreten hatte. Es war ein durchwachsener Vormittag für ihn, und als er in der Gerichtskantine zu Mittag aß, klingelte sein Handy.

»Hausmann.«

»Bemeyer hier«, erwiderte eine weibliche Stimme.

»Ja, was gibt's?«

»Wir räumen gerade die Wohnung von Herrn Woszinsky aus. Dabei haben wir etwas entdeckt, was Sie sehen sollten.«

»Ich bin schon auf dem Weg.«

Hausmann schaltete sein Handy ab, aß schnell seine Mahlzeit und machte sich sofort auf den Weg zur Wohnung des Mordopfers.

Auf der Straße vor dem Haus stand ein großer Möbelwagen, der bereits zur Hälfte mit den Möbeln des Mordopfers beladen war. Vor der Haustür wartete die Expertin der Spurensicherung auf ihn, die ihn angerufen hatte. Hausmann lief auf sie zu.

»Sie hatten recht mit dem, was Sie letztens sagte«, empfing Bemeyer den Staatsanwalt. »Wir hätten die Wohnung tatsächlich schon früher räumen sollen.«

»Was gibt es denn?«, fragte Hausmann, während er

mit Bemeyer die Treppen hinaufstieg.

»Herr Woszinsky hat seine Möbel sehr sorgfältig aufgestellt und an die Wand geschraubt. Deswegen sind wir auch nicht darauf gestoßen, was ich Ihnen gleich zeigen werde.«

»Menschenskind, Sie verstehen es aber auch, die Sache spannend zu machen.«

»Ich habe so etwas noch nie gesehen.«

»Was?«

Die beiden kamen an der Wohnungstür an und betraten die Wohnung. In der Wohnung waren mehrere Männer dabei, die Sachen aus der Wohnung in Umzugskartons zu packen und die Schränke zu demontieren. Bemeyer führte den Staatsanwalt ins Wohnzimmer, wo in die Wand, vor der ein schwerer, an die Wand befestigter Schrank stand, ein Tresor eingelassen war. Hausmann starrte fassungslos auf den Tresor.

»Gab es einen Zugang zum Tresor durch den Schrank, den wir übersehen haben?«

»Nein«, erwiderte Bemeyer. »Er muß den Schrank jedes Mal abgeschraubt und weggerückt haben, wenn er an den Tresor wollte. Unter dem Schrank waren kleine Räder, so daß er keine Spuren auf dem Parkett hinterlassen hat.«

»Unglaublich! Das perfekte Versteck für einen Tresor. Wer sollte darauf kommen, wenn er das nicht weiß? Vermutlich hat der Einbrecher den Tresor auch nicht finden können.«

»Ganz sicher nicht. Es sind nur die Fingerabdrücke von Herrn Woszinsky auf dem Tresor und ansonsten sind auch keine Spuren zu erkennen, daß jemand versucht hätte, ihn zu öffnen.«

Hausmann betrachtete den Tresor. Er vermutete, daß der Tresor 50 mal 50 cm breit und hoch war. Wie tief er in die Wand reichte, konnte er nicht sagen. Auf der Tresortür war nur ein Rad mit einer Zahlenkombination angebracht.

»Können wir ihn öffnen?«, fragte Hausmann.

»Das müssen wir, sonst bekommen wir ihn nicht aus der Wand heraus. Aber wir haben keinen Hinweis auf die Kombination gefunden, also werden wir ihn mit Gewalt öffnen lassen müssen.«

Ein Mann mit einem Stahlkoffer trat nun zu den beiden hinzu.

»Ich habe alles veranlaßt«, fügte Bemeyer hinzu.

»Gut«, sagte Hausmann. »Der Beschluß zur Räumung der Wohnung deckt auch die Öffnung des Tresors. Versuchen Sie bitte, die Wand dabei nicht zu sehr zu beschädigen. Herr Körber, der Vermieter dieser Wohnung, macht sich schon genug schlaflose Nächte um diese Räume.

Der Mann mit dem Stahlkoffer grinste und bat die Anwesenden, ihn mit dem Tresor alleine zu lassen, weil er niemanden beim Öffnen gefährden wollte.

»Achten Sie aber bitte darauf, daß der Inhalt des Tresors nicht beschädigt wird«, sagte Hausmann. »Es könnten wichtige Beweisstücke darin sein.«

»Ja, selbstverständlich. Sie brauchen sich keine Sorgen zu machen.«

Hausmann verließ mit Bemeyer das Wohnzimmer und ließ den Techniker alleine.

»Ich könnte mich jetzt doppelt ohrfeigen, daß wir die Wohnung so lange versiegelt gelassen haben«, sagte Hausmann. »Vielleicht hätten wir die Lösung des Falles schon längst haben können.«

»Das konnten Sie doch nicht wissen«, erwiderte Bemeyer.

»Nein, aber ich hätte auch nicht so bequem sein dürfen, alles so laufen zu lassen. Spätestens zwei Wochen nach Prozeßbeginn hätte ich mir denken sollen, daß diese Wohnung keinen weiteren Beweiswert mehr im Verfahren hat. Dann hätten wir den Tresor und mit ihm den wahren Schuldigen vielleicht früher entdeckt und Herrn Werries wäre vieles erspart geblieben.«

Bohrgeräusche drangen aus dem Wohnzimmer und Hausmann sah durch die offene Wohnzimmertür zu, wie der Techniker, ausgestattet mit einer Schutzbrille und Mundschutz, die Tür des Tresors aufzubohren versuchte.

»Ein sehr solides Modell«, sagte Bemeyer. »Das hat nicht jeder zu Hause. Wer weiß, was Herr Woszinsky dort alles aufbewahren wollte.«

»Vielleicht hatte er ja auch ein bescheidenes Vermögen oder sonstige Wertsachen. Darüber wird sich dann der Staat freuen, denn bislang war nicht festzustellen, daß das Mordopfer Angehörige hatte. Ein Testament ist auch bisher nicht aufgetaucht.«

»Das wundert mich nicht«, sagte Bemeyer. »Herr Woszinsky war erst 39 Jahre alt als er starb. In dem Alter machen die wenigsten Menschen Gedanken darüber, was im Todesfall aus ihrem Hab und Gut wird.«

Die beiden sahen eine Zeitlang schweigend dem Techniker bei der Arbeit zu, als er dann nach einigen Mühen die Tür des Tresors öffnete. Die beiden gingen ins Wohnzimmer, während der Techniker die Tür komplett aufklappte. Hausmann sah hinein. Der Innenraum war durch einen Regalboden unterteilt. Unten lagen zahlreiche Geldbündel in großen Scheinen, während oben mehre Aktenhefter untergebracht waren.

»Haben Sie Handschuhe bei sich?«, fragte Hausmann und Bemeyer reichte ihm ein paar Gummihandschuhe. Der Staatanwalt zog sie über und nahm die Hefter aus dem Tresor. Gemeinsam mit Bemeyer und dem Techniker ging er zum Wohnzimmertisch hinüber, den die Möbelpacker noch nicht in den Möbelwagen hinuntergebracht hatten, und öffnete sie. Bemeyer und der Techniker sahen dem Staatsanwalt einige Minuten lang zu, wie dieser durch die Hefter blätterte und den Inhalt überflog.

»War ein Volltreffer, hm?«, fragte der Möbelpacker. Hausmann nickte.

»Allerdings. Das kann man wohl sagen. Frau Bemeyer, stellen Sie das Geld sicher und lassen Sie es zählen. Die Unterlagen hier beweisen, daß Herr Peter Glaß Geld angenommen hat, um bestimmte Leute bei Baugenehmigungen zu bevorteilen und das Bauen in Gebieten zuzulassen, in denen eigentlich nicht hätte gebaut werden dürfen. Offenbar hat er auch zahlreiche Sondergenehmigungen verkauft, so wie das hier auf den ersten Blick erscheint.«

»Meinen Sie, er hat Herrn Glaß erpreßt?«, fragte Bemeyer. »Und Glaß wollte sich dann den Erpresser vom Hals schaffen?«

Hausmann zuckte kurz mit seinen Schultern.

»Keine voreiligen Schlüsse. Schon gar nicht in diesem Fall. Veranlassen Sie, daß Herr Glaß zu mir ins Büro gebracht wird. Je früher desto besser. Ich werde mich heute nachmittag vor Gericht vertreten lassen und mich nur um diesen Fall kümmern. Die Akten nehme ich mit und bereite mich auf das Verhör vor. Schicken Sie mir einen Polizisten für das Verhör vorbei, wenn Sie das Geld gesichert haben.«

»Ja, ich kümmere mich darum.«

»Ach, und die Polizisten sollen Glaß nicht sagen, daß er als Verdächtiger verhaftet wird, sondern nur, daß er eine Zeugenaussage machen soll. Ich möchte gerne vermeiden, daß er vorzeitig den Braten riecht.«

Hausmann nahm eine der herumliegenden Taschen an sich und packte die Akten dort ein. Gleichzeitig ging ihm durch den Kopf, wie einfach doch der Fall hätte gelöst werden können, wenn er nicht den falschen Spuren gefolgt wäre. Nun würde er die Befragung Glaß' abwarten und gegebenenfalls beim Richter einen Haftbefehl beantragen. Sollte Glaß der Täter sein, dürfte dies für das über die Klage der Vollstreckungsbehörde ein weiteres Argument sein, die Hinrichtung

Werries' zu verwerfen, überlegte Hausmann, während er sich mit den Akten auf den Weg zu seinem Büro machte. Über das Loch in der Wand, dachte er auf dem Weg kurz, wird der Vermieter Körber wohl nicht erfreut sein.

In seinem Büro angekommen, sorgte er zunächst dafür, daß er für seine beiden Termine am frühen Nachmittag vertreten wurde und machte sich dann an das Studium der Akten. Zwar war Baurecht nicht sein Gebiet, aber aus seiner Studienzeit wußte er noch einiges darüber. Ihm wurde klar, daß diese Kopien der Akten aus der Behörde stammen mußten. Offenbar hatte Woszinsky einen Draht zur Behörde oder eine sonstige Möglichkeit, diese Akten zu beziehen. Das bedurfte noch der Klärung. Daran, daß diese Kopien echt waren, konnte kein Zweifel bestehen.

Gegen 16 Uhr klingelte bei Hausmann das Telephon, und ihm wurde mitgeteilt, daß die Polizeibeamten Peter Glaß gefunden hatten und nun auf dem Weg zum Büro seien. Hausmann packte die Aktenhefter in die oberste Schublade seines Schreibtisches, denn er wollte sie nicht sofort thematisieren, wenn Glaß das Büro betrat.

Zur gleichen Zeit kam Tatjana von der Arbeit nach Hause und wurde von Robert mit Kaffee und etwas Gebäck empfangen, welches er den Tag über gebacken hatte, um sich die Zeit ein wenig zu vertreiben. Sie umarmte ihn und fühlte sich erleichtert.

»Wir können uns aber leider nicht viel Zeit lassen«, sagte Robert. »Der Staatsanwalt hat noch ein paar Fragen und ich habe ihm zugesagt, daß wir gegen 17 Uhr dort sind.«

»Dann haben wir aber noch eine gute halbe Stunde, um es uns ein wenig gemütlich zu machen.«

Kurz nach 16:20 Uhr kamen die beiden Polizisten

Baumann und Eckendorfer mit Glaß im Büro an. Hausmann bot Glaß den Bürosessel vor dem Schreibtisch an, während Baumann das Büro verließ und Eckendorfer sich auf einen Bürosessel neben dem Schreibtisch setzte.

Glaß war ein 46jähriger Mann mit beginnender Tellerglatze und ansonsten dunkelbraunem Haar. Er trug eine Brille mit runden, stahlgefaßten Gläsern und war in einen grauen Straßenanzug gekleidet. Die Beamten hatten ihn im Außeneinsatz gefunden.

»Ich danke Ihnen, daß Sie sich die Zeit genommen haben, sofort zu mir zu kommen«, sagte der Staatsanwalt.

»Ja«, erwiderte Glaß. »Ich erledige die Dinge immer gerne sofort. Außerdem wollte ich nicht so lange darüber nachdenken, was Sie möglicherweise von mir wollen.«

Hausmanns freundliches Gesicht wurde ernst.

»Zunächst möchte ich Sie bitten, Ihre Taschen zu leeren.«

»Meine Taschen zu leeren? Warum? Bin ich ein Verdächtiger?«

»Das versuche ich mit dieser Bitte zu klären. Sie können sich selbstverständlich weigern.«

»Nein, ich habe nichts zu verbergen.«

Glaß stand kurz auf und leerte seine Taschen. Dabei legte er einen Schlüssel, eine Brieftasche, ein Handy, ein paar zusammengefaltete Zettel und eine Packung Zigaretten auf den Tisch des Staatsanwalts.

»Ihr Ausweis ist in der Brieftasche?«, fragte Hausmann.

»Ja.«

»Ich darf auch einen Blick auf das Geld werfen, das Sie bei sich haben?«

Nun wurde Glaß ein wenig mulmig.

»Ja«, antwortete er leicht verunsichert. Hausmann öffnete die Brieftasche, nahm den Ausweis und die

Geldscheine heraus. Glaß, der noch immer vor dem Schreibtisch stand, zuckte leichte zusammen, als Hausmann die Geldscheine aus der Brieftasche nahm und anschließend einen kleinen Zettel aus dem Schreibtisch holte und begann, die Seriennummern zu vergleichen. Zwei der Scheine stammten aus der Wohnung Woszinskys. Glaß ließ sich in den Bürosessel sinken. Die beiden sahen einander eine Zeitlang wortlos an.

»Also ich konfrontiere Sie jetzt damit, daß zwei der Geldscheine aus Ihrer Brieftasche vor wenigen Tagen aus der Wohnung Karl Woszinskys entwendet wurden, zusammen mit weiteren Geldscheinen. Sie müssen sich jetzt hierzu nicht äußern, sondern können zunächst einen Anwalt konsultieren.«

Glaß überlegte einen kurzen Moment.

»Ich würde das gerne erklären.«

»Sie müssen es nicht ohne Anwalt erklären.«

»Doch, doch. Es ist ganz einfach. Sehen Sie, Karl und ich waren befreundet, und ich hatte den Schlüssel zu Karls Wohnung. Den hatte er mir gegeben, falls er seinen mal verliert, so daß er nicht gleich einen Schlosser kommen lassen muß. Und da war ich jetzt nach seinem Tod hin und wieder in der Wohnung und vor ein paar Tagen... ja, also ich muß zugeben, da habe ich mich ein wenig umgesehen und das Geld in seinem Portemonnaie... Ich meine, er ist jetzt schon gut ein Jahr tot und Verwandte hat er ja auch nicht. Also gehörte das Geld ja praktisch niemandem, und da habe ich es an mich genommen.«

Der Staatsanwalt und der Polizist tauschten kurze Blicke aus.

»Sie irren sich«, sagte Hausmann dann. »Mit dem Tod des Erblassers geht das Eigentum an dem Geld auf den Erben über, auch wenn dieser nichts davon weiß und auch wenn noch gar nicht klar ist, wer eigentlich der Erbe ist. Daß beim Tod eines Menschen sein Eigentum niemandem gehört, ist gesetzlich ausgeschlossen.«

»Das wußte ich nicht. Selbstverständlich bin ich sofort bereit, das Geld zurückzuzahlen. Ich habe schon etwas ausgegeben, aber ich kann von meinem Konto den entsprechenden Betrag abholen, wenn das etwas hilft.«

»Darüber wäre noch zu reden. Aber jetzt ist es vielleicht doch für Sie ratsam, einen Anwalt zu konsultieren.«

»Ich, ähem.. weiß nicht. Ich würde diese unangenehme Sache gerne sofort und unbürokratisch regeln.«

»Das wird nicht so einfach sein, wie Sie sich das vorstellen.«

»Nein? Aber ich habe doch nichts weiter getan. Für die Wohnung hatte ich die Schlüssel und... äh...«

Hausmann überlegte, ob er Glaß ohne anwaltlichen Beistand mit den weiteren Vorwürfen konsultieren sollte, zumal in diesem Fall schon einiges falschgemacht wurde. Auf der anderen Seite hatte er den Verdächtigen nun mehrfach gedrängt, sich anwaltlichen Beistand zu holen, was dieser verweigerte, also konnte er nun mit den Fragen fortfahren.

»Sie haben sich in der Wohnung also umgesehen. Warum jetzt?«

»Das hatte keinen besonderen Grund. Es fiel mir gerade so ein.«

»Haben Sie den Spiegel auf dem Flur zertrümmert?«

»Nein. Als ich in der Wohnung war, war der Spiegel noch in Ordnung.«

»Auch als Sie gingen?«

»Selbstverständlich.«

Hausmann machte sich ein paar Notizen, dann blickte er wieder auf. Aus dem Gesichtsausdruck Glaß' wurde er nicht schlau. Offenbar war der Mann tatsächlich der Meinung, einfach so wieder aus der Sache herauszukommen.

»Sie hatten tatsächlich keinen anderen Grund, die Wohnung von Herrn Woszinsky aufzusuchen? Es war einfach so eine Idee? Weil Sie nichts weiter zu tun hatten, schauten Sie einfach vorbei? Ohne dort etwas zu suchen?«

Glaß zögerte kurz.

»Äh... ja. Ich war gerade in der Nähe.«

»Und hatten den Schlüssel bei sich?«

»Ja, ich habe ihn immer bei mir. Er ist an diesem Schlüsselbund hier dran.«

Hausmann betrachtete den Schlüsselbund, an dem sieben Schlüssel befestigt waren. Der Zeitpunkt war gekommen. Der Staatsanwalt öffnete seine oberste Schreibtischschublade, nahm die Aktenhefter heraus und legte sie vor Glaß auf den Schreibtisch.

»Haben Sie nicht vielleicht hiernach gesucht?«

Glaß blickte die Hefter versteinert an. Nach einigem Zögern öffnete er den obersten Hefter und blätterte die ersten drei Seiten durch. Dann schloß er den Aktendeckel wieder.

»Ich... ich... äh... ich möchte einen Anwalt!«

Hausmann nickte zustimmend.

»Ja, das glaube ich auch. Sie bleiben bei uns in Gewahrsam, bis wir die erste Aussagen von Ihnen haben.«

»Ja. Darf ich meine Frau anrufen?«

Hausmann stellte sein Telephon vor Glaß hin.

»Wählen Sie eine Null vor.«

Glaß nahm den Hörer ab und wählte eine Null, anschließend seine Telephonnummer.

»Ja, Schatz?«, fragte er nach einiger Zeit. »Ich komme wohl heute nicht nach Hause. ... Ja. ... Also ich bin bei der Polizei. Die nehmen mich wohl fest jetzt. ... Das... das kann ich dir jetzt nicht erklären. Rufe bitte Sascha an und sage ihm, ich brauche seine Hilfe. ... Ja. Ich erkläre dir später alles... Entschuldige bitte, daß ich dir jetzt diese Sorgen mache.«

Bevor er auflegte, flüsterte er »Ich liebe dich«, in den Hörer, den er dann mit einem verzweifelten Gesicht zurück auf die Gabel legte. Auch Staatsanwalt Hausmann wirkte etwas bedrückt.

»Sie... Sie meinen, ich hätte Karl... ich hätte Karl ermordet?«

Hausmann erhob sich von seinem Sessel.

»Herr Glaß. Sie sollten jetzt nichts mehr sagen bevor Sie mit Ihrem Anwalt gesprochen haben.«

»Ja«, stammelte Glaß. »Ja. Sehr gut. Das tue ich.«

Der Polizist führte Glaß in Begleitung des Staatsanwalts aus dem Büro. Auf dem Flur trafen sie auf Richard und Tatjana, die auf dem Weg zum Staatsanwalt waren. Robert sah Glaß überrascht an, der seinem Blick zunächst auswich.

»Peter?«, fragte Robert erstaunt und sah zu Hausmann herüber, der kurz nickte.

»Robert... Tatjana... Robert...«, sagte Glaß. »Wußtest du...«

»Nein.«

»Ich hatte den Termin mit Ihnen auch ehrlich gesagt vergessen«, sagte Hausmann. »Sonst hätte ich Sie noch einmal angerufen und abgesagt.«

»Warum?«, fragte Robert unbeirrt seinen früheren Schulfreund. »Warum ich?«

Glaß blickte kurz auf und dann wieder auf seine Schuhspitzen.

»Das hatte keinen besonderen Grund. Es war am einfachsten bei dir. Du gehst nicht viel aus, hast nicht so viele Freunde, die ein Alibi sein konnten... Aber ich wollte nicht, daß du hingerichtet wirst. Das mußt du mir glauben.«

»Aber dagegen getan hast du auch nichts, als es auf dieses Urteil hinauslief!«, rief Tatjana aus. »Du hast mich sogar gefragt, wann es soweit ist!«

Glaß nickte mit weiterhin nach unten gerichtetem Blick.

»Ja, Tatjana. Ich hatte einfach Angst. Ich hatte Angst, daß ich dann gehenkt werde. Sonst hätte ich etwas getan.«

Hausmann räusperte sich kurz.

»Herr Eckendorfer, bringen Sie ihn herunter. Ich werde sofort den Haftbefehl beantragen. Wenn er selbst noch einmal mit dem seinem Anwalt telephonieren möchte, ermöglichen Sie es ihm bitte.«

»Jawohl«, sagte der Polizist und griff Glaß leicht am Arm, der daraufhin dem Polizisten zu einem Fahrstuhl folgte.

»Kommen Sie bitte noch kurz in mein Büro«, sagte Hausmann, woraufhin Robert und Tatjana ihm folgten. Die drei setzten sich an den Schreibtisch und sahen einander eine Zeitlang schweigend an.

»Also, das war ja eigentlich schon ein Geständnis«, sagte der Staatsanwalt. »Ich kann Ihnen die Einzelheiten, die zur Verhaftung von Herrn Glaß geführt haben, nicht erklären – noch nicht.«

Hausmann packte die Hefter wieder in seinen Schreibtisch, bevor er fortfuhr:

»Ihre Unschuld war bereits bewiesen. Jetzt haben wir zudem wohl den wahren Täter. Er hat auch, wie es aussieht, ein stichhaltiges Motiv. Ich wünsche nur, ich können Ihnen die Hand schütteln und sagen, daß jetzt alles vorbei ist, aber daß es nicht so ist, wissen Sie ja.«

»Ja«, sagte Robert tonlos. »So etwas hätte ich nie gedacht. Von keinem meiner Freunde. Auch von ihm nicht.«

»Wenigstens haben wir jetzt Klarheit«, sagte Tatjana, und der Staatsanwalt nickte zustimmend.

»Ja. Auch wenn ich Ihnen keine Details sagen kann, aber ich möchte Sie noch einmal um Entschuldigung bitten, daß ich Sie angeklagt habe. Der Fall hätte sich komfortabel vor Ihrer Verurteilung lösen lassen, und weil ich entschieden hatte, die Wohnung weiter versiegelt zu lassen, ist das nicht passiert. Was soll ich

sagen? Wir haben in unserer Behörde viel Arbeit, aber
das darf keine Ausrede sein. Ich kann nur immer wieder sagen, daß es mir ehrlich leid tut, und wenn ich
Ihnen helfen kann, wie auch immer, werde ich es
gerne tun.«

»Ich danke Ihnen«, sagte Robert. »Ich entschuldige.
Sie haben nicht auf Ihrem Irrtum bestanden, so wie
der Henker, und daß Sie das jetzt eben gesagt haben,
bedeutet mir viel.«

»So viel kann ich Ihnen sagen: meine Behörde wird
Herrn Glaß wegen Mordes anklagen. Dies wird auch
schnell geschehen, so daß der Prozeß hoffentlich
laufend wird, wenn die Vollstreckungsbehörde vor
dem Verwaltungsgericht ihren Prozeß austrägt.«

»Der Prozeß«, murmelte Robert und war sich unsicher, ob die Verhaftung Peter Glaß' seine Chancen
verbessern würde. Tatjana sah ihn an und hatte die
Hoffnung, daß sich nun alles zum Besseren wenden
würde.

9.

Wenige Tage nach dem der zuständige Richter Haft-befehlt gegen Peter Glaß erlassen hatte, trafen die ersten Absagen auf Roberts Bewerbungen per Post ein. In der Regel ohne weitere Begründung trafen die gro-ßen Briefumschläge ein, die zur Entlastung der Perso-nalabteilungen die Bewerbungsunterlagen enthielten. Es war schwer vorstellbar, daß Robert unter normalen Umständen tatsächlich zu keinem Bewerbungsge-spräch geladen wurde, aber die Medienberichterstat-tung über seinen Fall hatte nach seinem Eindruck dafür gesorgt, daß es so war.

Je mehr Absagen kamen, desto ratloser war Robert, was er noch tun sollte. Teilweise sprach er seine Er-lebnisse im Gefängnis in den Bewerbungsschreiben offen an, teilweise überging sie. Nichts half. Auch Bewerbungen über Berlin hinaus blieben ohne eine Reaktion, die über die Rücksendung der Unterlagen hinaus ging.

In der Zwischenzeit wurde Peter Glaß angeklagt. Die Ermittlungen hatten ergeben, daß Woszinsky diesen nicht erpreßt hatte, sondern daß das im Tresor gehor-tete Geld aus einer Erbschaft stammte und offenbar schon über längere Zeit im Tresor lag, und daß von dem Konto Glaß' kein entsprechender Betrag abge-flossen war, sondern im Gegenteil in den der Ermor-dung vorangegangenen Monaten vermehrt Geld auf sein Konto eingezahlt worden war.

Inzwischen hatte das Verwaltungsgericht den ersten Termin für den Verhandlungstag um die Klage der Vollstreckungsbehörde auf den 5. Mai 2026 festgelegt und vier Verhandlungstage angesetzt. Im Vorfeld hatte ein Vertreter der Behörde vergebens gefordert, Robert im Vorfeld der Verhandlung in Haft zu neh-men um einerseits zu vermeiden, daß sich vor der Verhandlung ins Ausland absetze und andererseits, um die Hinrichtung nach einem eventuellen positiven Urteil für die Behörde zügig durchführen zu können. Die entsprechende öffentliche Erklärung des Pressesprechers, der auch Mitglied der Rechtspopulisten war, hatte bei Kritikern der Todesstrafe für Empörung gesorgt sowie eine Petition zugunsten von Robert im Internet angestoßen, die bereits am ersten Tag von über 100 000 Menschen unterzeichnet wurde. In dieser Petition wurde das Verwaltungsgericht aufgefordert, die Hinrichtung des erwiesenermaßen unschuldigen Robert Werries zu verhindern.

Anwalt Burkhard Calau hatte inzwischen zur Kenntnis genommen, wer Vorsitzender Richter in dem Prozeß sein würde und gegenüber Roberts Anwalt Schröer bereits geäußert, daß dieser Richter, Alexander Haubert, schwierig sei.

Inzwischen trafen weitere Absagen auf Bewerbungen bei Robert ein, so daß dieser mehr und mehr die Motivation verlor, neue Bewerbungen zu schreiben. Ohnehin hatte Tatjana den Eindruck und die Befürchtung, daß ihr Mann allmählich eine Depression entwickelte. Darüber sprach sie auch mit ihrem Vater, der ihr nur raten konnte, Robert zu überreden, zu einem Psychiater zu gehen.

»Das wird er nie tun«, sagte Tatjana. Ihr Vater zuckte nur kurz mit den Schultern.

»Ich fürchte, daß es keinen anderen Weg geben wird. Eine Depression ist eine ernste Krankheit. Wenn er eine Grippe hätte oder eine schwere Magenentzündung, würde er doch auch zum Arzt gehen. Eine Depression ist ebenso eine Krankheit.«

»Das brauchst du *mir* nicht zu erklären. Robert sieht das eben anders.«

»Ja. Da liegt er wohl noch ein paar Jahre zurück in der Erkenntnis, daß psychische Krankheiten ebenso Krankheiten sind wie körperliche.«

Tatjana seufzte.

»Paps, ich weiß ehrlich nicht mehr, was ich tun soll. Er strengt sich wirklich an, eine neue Stelle zu bekommen, und wird nicht einmal eingeladen. Das Jobcenter drängt ihn inzwischen, eine Umschulung zu machen, entweder als Werbekaufmann oder als Pfleger. Weder das eine noch das andere liegt ihm, und ich will das auch nicht, daß er jetzt auch noch hier eine schlechte Erfahrung macht.«

Torsten schüttelte kurz seinen Kopf.

»Nein, das ist in der Tat nicht gut, und es löst auch nicht das eigentliche Problem. Er wird ja nicht deshalb abgelehnt, weil er nicht qualifiziert ist, sondern wegen der Geschichte mit der Hinrichtung. Eigentlich gibt es wirklich nur eines, was ihm jetzt helfen kann: ein schnelles Urteil, das dem Spuk ein Ende bereitet.«

»Wir haben mit unserem Anwalt gesprochen. Anfang Mai soll der Prozeß starten.«

»Das ist noch etwa ein Monat hin.«

»Ja. Ein langer Monat.«

»Das ist zu befürchten, besonders für Robert. Aber ich kann dir wirklich nichts weiter raten als abzuwarten oder ihn zu überreden, sich in psychiatrische Behandlung zu begeben. Eine solche Ungewißheit ist für jeden belastend. Für dich ja auch. Wie geht es dir denn damit?«

Tatjana winkte kurz ab.

»Ich komme damit klar, nur Roberts Zustand belastet mich, aber ich will nicht, daß er etwas merkt. Er hat genug Sorgen.«

»Siehst du Eure Ehe in Gefahr?«

»Nein. Auf keinen Fall. Das wollen wir beide nicht, daß unsere Ehe scheitert.«

Tatjana lehnte sich in den Sessel im Wohnzimmer ihres Vaters zurück und überlegte eine Zeitlang. Bis Robert vom Arbeitsamt zurückkehren würde, dürfte es noch eine Weile dauern. Aber sie wollte zu Hause sein, wenn er ankam.

»Haben Sie sich inzwischen mal entschlossen, ob Sie nicht doch eine Umschulung machen wollen?«, fragte die Sachbearbeiterin in der Arbeitsagentur ungeduldig.

»Ja. Ich werde keine Umschulung machen, sondern ich will wieder als Politikwissenschaftler arbeiten.«

»Da sehe ich kaum Möglichkeiten. Ich glaube kaum, daß Sie als Politikwissenschaftler Arbeit finden werden. Das würde mich sehr wundern, wenn das so wäre. Die Leute wissen doch über Ihren Fall Bescheid.«

Robert, der bei dem Termin bislang eher apathisch wirkte, blickte auf.

»Glauben Sie, daß das in anderen Bereichen anders ist?«

»Ja. Besonders in der Pflege kann man sich jetzt nicht mehr sehr leisten, wählerisch zu sein.«

»Vielen Dank.«

»Bitte sehr. Es ist so. Wenn Sie aus dem Arbeitslosengeld I herausfallen, werden Sie es sich auch nicht mehr leisten können, hier herumzusitzen und mit dem Kopf zu schütteln, wenn ich Ihnen entsprechende Vorschläge mache.«

»Mich ärgert einfach nur, daß Sie ja noch nicht einmal entsprechende Vorschläge machen, sondern mich gleich in einen anderen Beruf drängen wollten.«

»Ja, aus Erfahrung«, erwiderte sie giftig. »Sie sind nicht mehr der Jüngste und in dem Bereich, in dem Sie arbeiten, kennt man ihren Fall. Ich würde auch nicht jemanden einstellen, bei dem nicht klar ist, ob er nicht doch nicht in den nächsten Wochen hingerichtet wird. Vielleicht wäre das sogar das Beste! Das würde Ihnen und mir viel ersparen.«

Robert sah die Sachbearbeiterin ungläubig an. Hatte sie das wirklich gesagt? Und hatte sie vielleicht sogar recht? Was sollte er auf diese Unverschämtheit antworten?

Robert stand auf und verließ das Büro.

»Herr Werries, ich bin noch nicht fertig mit Ihnen!«

Robert ging auf direktem Weg durch das Gebäude. Er sah nur noch den Weg vor sich und das Ziel, schnell nach Hause zu kommen. Die Sätze der Sachbearbeiterin gingen ihm dabei ständig durch den Kopf. Welch eine Unverschämtheit! Oder? Hatte sie vielleicht sogar recht? Hatte er wirklich keine Perspektive mehr? Würde er nicht allmählich zur Belastung für alle anderen? Wer würde schon jemanden einstellen, der möglicherweise bald hingerichtet wird? Warum war er noch hier? Sollte er nicht vielleicht doch auswandern? Aber wohin? Noch einmal von vorne anfangen? Oder...

Tatjana hielt ihren Wagen in der Tiefgarage des Hauses und stieg aus. Mit dem Fahrstuhl fuhr sie ins dritte Stockwerk und schloß die Wohnungstür auf. Dabei fiel ihr auf, daß nicht abgeschlossen, sondern die Tür nur zugezogen war.

»Robert?«

Die Schlafzimmertür war verschlossen. Vielleicht hatte er sich schon etwas hingelegt, überlegte sie, als sie ein Geräusch im Schlafzimmer hörte. Sie öffnete die Schlafzimmertür und blieb wie erstarrt in ihr stehen.

Auf einem Stuhl unter der Deckenlampe stand Robert, der einen Strick an der Lampe befestigt hatte, den er zu einem Galgen gebunden hatte. Als Tatjana die Tür öffnete, schickte er sich gerade an, diesen um seinen Hals zu legen. Als er sie sah, erschrak er, knickte auf dem Stuhl um und hielt sich an dem selbstgebastelten Galgen fest. Dabei riß er Galgen und Lampe herunter und landete unsanft auf den Boden. Tatjana stürzte zu ihm.

»Bist du verletzt?«, rief sie entsetzt.

»Ich... glaube nicht.«

Sie nahm ihn in die Arme.

»Nein!«, rief sie aus. »Das darf du nicht tun! Tu das nie wieder! Ich möchte nicht ohne dich leben!«

Robert nahm seine Frau unsicher in seine Arme und schloß seine Augen.

»Ich kann einfach nicht mehr«, murmelte er. »Ich halte das nicht mehr aus. Und ich falle euch allen doch nur zur Last.«

»Das tust du nicht«, sagte Tatjana. »Wie kannst du nur so etwas denken?«

Robert seufzte.

»In der Arbeitsagentur meinte Frau Sallig, es wäre besser, wenn ich hingerichtet würde.«

Tatjana stand auf.

»Was hat sie gesagt?«

»Sie meinte, sie würde auch niemanden einstellen, der vielleicht bald hingerichtet würde. Und es wäre vielleicht das Beste, wenn ich hingerichtet würde, weil ich ihr dann keine Arbeit mehr machen würde. Und... und... ich dachte, vielleicht hat sie recht damit.«

»Das hat sie nicht! Die kann etwas erleben!«

Robert schloß seine Augen und ließ sich gegen das Bett sinken.

»Wir werden noch heute ein Einschreiben an ihren Vorgesetzten schreiben«, rief Tatjana wütend aus. »So lange ich noch in Fahrt bin, schreiben wir das! Wie kann ein Mensch nur so gemein sein!«

»Ist vielleicht Voraussetzung für den Job«, murmelte Robert und erhob sich langsam. Tatjana nahm in noch einmal in die Arme und ging mit ihm anschließend ins Wohnzimmer.

»Ich möchte, daß du dich darüber beschwerst«, sagte sie. »Das darfst du ihr nicht durchgehen lassen.«

»Sie wird es abstreiten.«

»Das werden wir sehen. Und ich möchte, daß du noch heute abend mit mir zu Paps gehst. Wir müssen jetzt ernsthaft darüber reden, wie dir geholfen werden kann.«

»Meinst du, mit einem Seelenklempner.«

Tatjana stieß einen tiefen Seufzer aus.

»Wenn du so willst – ja. Depressionen und Suizidalität sind Krankheiten wie jede andere auch. Du brauchst jetzt wirklich professionelle Hilfe. Bitte tu mir den Gefallen. Ich weiß doch sonst auch nicht mehr weiter.«

Robert sah seine Frau an.

»Ja«, erwiderte er. »Ich will es tun für dich.«

»Für uns«, widersprach Tatjana. »Reden wir erst einmal mit Paps. Wir müssen ja nichts überstürzen. Aber reden wir mit ihm heute abend. Ich will nicht ständig Angst haben müssen, nach Hause zu kommen und keinen Mann mehr zu haben.«

Robert senkte seinen Kopf.

»Entschuldige. Es war falsch von mir.«

»Ja, das war es. Aber du kannst nichts dafür. Wir müssen jetzt aber etwas dagegen tun.«

Sie ging herüber zu einer kleinen Kommode im Zimmer und rief ihren Vater an, der zunächst etwas überrascht war, daß seine Tochter bereits wieder am Telephon war, die ihn gerade vor einer halben Stunde noch besucht hatte. Sie erklärte in knappen Worten, was passiert war, und bat, gleich mit Robert zu ihm kommen zu können. Er bot an, bei ihnen zu Hause vorbeizukommen, was Tatjana gerne annahm.

Eine knappe halbe Stunde später klingelte es an der Wohnungstür und Tatjana führte ihren Vater ins Wohnzimmer, wo er sich in einen Sessel sinken ließ. Tatjana hatte in der halben Stunde ein kleines Abendessen zubereitet.

Robert saß zusammengesunken auf dem Sofa neben Tatjana, während sie ihrem Vater erzählte, was in der Arbeitsagentur und dann in der Wohnung vorgefallen war. Er sah Robert an.

»Du wolltest tatsächlich Selbstmord begehen?«, fragte er.

»Paps«, sagte Tatjana. »Keine Vorwürfe.«

»Das weiß ich doch, Kleines«, sagte ihr Vater und korrigierte sich eilig noch bevor Tatjana ihren strafenden Blick aufsetzen konnte: »ähem... Tatjana.«

Robert blickte auf.

»Ich meine, hast du das wirklich ernsthaft beabsichtigt oder warst du dir dessen nicht sicher?«, fragte Torsten.

»Ich weiß es nicht«, erwiderte Robert. »Ich war am Ende und wollte Schluß machen. Ob ich letztlich tatsächlich... ich weiß es nicht. Vielleicht nicht. Die Lampe hätte ja sowieso nicht gehalten.«

»Ich sage es dir jetzt mal ganz offen, lieber Robert. Du hast eine ernstzunehmende Krankheit. Ich hatte schon bei unserem Abendessen vor ein paar Tagen ein schlechtes Gefühl. Und daß du jetzt versucht hast, dich aufzuhängen, und sei es auch als Notruf, zeigt, daß du mittlerweile eine ernstzunehmende Depression ausgeprägt hast. Das ist verständlich, aber du wirst da aus eigener Kraft nicht herauskommen.«

Torsten legte ein Päckchen Baldrianperlen auf den Wohnzimmertisch.

»Für den Anfang können dir diese Tabletten helfen, zu schlafen. Sie sind nicht stark und machen auch nicht abhängig. Aber das reicht nicht. Du mußt jetzt wirklich in eine richtige Behandlung.«

»Kannst du das nicht übernehmen?«, fragte Tatjana.

»Nein. Das muß ein Kollege oder eine Kollegin machen. Ich bin ja schon in Rente und habe letztlich auch keine Möglichkeit mehr, Medikamente zu verschreiben, wenn sie notwendig sind. Außerdem kommt nie etwas Gutes dabei heraus, wenn man seine eigenen Verwandten therapiert. Das sollte wirklich besser jemand außerhalb der Familie machen.«

»Aber...«, sagte Tatjana und wandte sich dann zu Robert, »würde es dir leichter fallen, zu Paps zu gehen?«

Robert blickte auf und zuckte kurz mit seinen Schultern.

»Es ist keine gute Idee, glaube mir«, sagte Torsten zu seiner Tochter. »Die einzige richtige Lösung ist, jemanden von außerhalb der Familie zu konsultieren. Sonst wird die Behandlung keinen Erfolg haben. Ich werde mich gleich morgen vormittag darum kümmern und dafür sorgen, daß du nicht so lange auf einen Termin warten mußt. Vertraust du mir in dieser Hinsicht? Soll ich dies für dich tun?«

Robert sah zunächst Tatjana, dann Torsten an und nickte schließlich.

»Wer wäre dir denn lieber?«, fragte Torsten. »Arzt oder Ärztin?«

Robert zuckte mit seinen Schultern.

»Entscheide du«, murmelte er dann. Tatjana nickte kurz ihrem Vater zu.

»Hauptsache, er oder sie hat schnell Zeit für Robert«, sagte sie dann. Anschließend aßen sie zu abend, wobei Torsten einmal mehr auffiel, daß Robert kaum etwas aß.

»Darf ich dir mal eine indiskrete Frage stellen«, sagte er zu Robert, nachdem Tatjana das Geschirr hinaus in die Küche gebracht hatte.

»Ja.«

»Wieviel hast du in der letzten Zeit abgenommen?«

»Seit meiner Verhaftung? Vierzehn Kilogramm.«

»Und du wiegst jetzt?«

»59 Kilo bei 1.74 m Größe.«

Tatjana hob kurz ihre Schultern.

»Er hat nicht mehr so den Appetit«, sagte sie. »Das verstehe ich schon. Ich habe auch in der Zeit sechs Kilo abgenommen.«

»Es wird Zeit, daß die Gerichte diesen unhaltbaren Zustand endlich beenden. Das kann ich nur wiederholen: das wäre wirklich die beste aller Lösungen.«

»Aber bis dahin kann es noch lange dauern«, sagte

Robert langsam. »Der Anwalt hat mir keine Illusionen gemacht. Insbesondere wenn wir noch zum Verfassungsgericht müssen.«

Torsten legte eine Baldrianperle neben Roberts Glas Limonade.

»Nimm die Tablette jetzt bitte.«

Geradezu mechanisch griff Robert nach der Tablette, legte sie in seinen Mund und spülte mit Limonade nach.

»Mittags und nachmittags eine«, sagte Torsten. »Es ist ja nicht notwendig, daß du letztlich noch den ganzen Tag herumschlafwandelst. Ich werde mich gleich morgen früh darum kümmern, daß du schnell einen Termin bekommst. Hast du irgendwelche Vorlieben hinsichtlich der Zeit?«

Robert schüttelte seinen Kopf.

»Nein. Ich habe immer den ganzen Tag nichts zu tun.«

»Gut, Tatjana, wie steht es mir dir? Ich fände es gut und wichtig, wenn du mit ihm mitgehen würdest.«

»Ja«, erwiderte Tatjana. »Das würde ich ohnehin wollen. Mach einfach einen Termin aus, ich werde mir dann frei nehmen. An unserer Schule hat man viel Verständnis für meine Situation.«

»Das freut mich zu hören. So sollte es sein.«

Die drei saßen am Abend noch ein wenig zusammen, bis Torsten sich wieder auf den Weg nach Hause machte. Am Abend telephonierte Tatjana noch mit Roberts Mutter, während dieser von den Ereignissen des Tages erschöpft und der Wirkung des Baldrians übermannt auf dem Sofa eingeschlafen war. Sie vereinbarte mit ihr, daß sie in der nächsten Zeit tagsüber in der Wohnung sein würde, wenn sie zur Arbeit mußte. Auch Kathrin Werries besuchte die beiden noch am Abend, blieb jedoch nicht allzulange, zumal Robert einen sehr erschöpften Eindruck machte. Noch am Abend verfaßten Tatjana und Robert einen Brief, den sie am nächsten Tag an den Vorgesetzten von

Roberts Sachbearbeiterin bei der Arbeitsagentur sendeten.

10.

Die Tage des Aprils plätscherten vor sich hin, und Robert hatte sich nun doch, wenn auch widerwillig, in psychiatrische Behandlung begeben. Die Arbeitsagentur hatte auf Tatjanas und Roberts Schreiben mit der Zusage reagiert, der Sache nachzugehen. Schon eine Woche später war ein anderer Sachbearbeiter für Robert zuständig.

In diesen Tagen zogen zwei kleine Katzen in die Wohnung der Werries ein. Tatjana hatte die Idee, daß es gut sein konnte, wenn Robert tagsüber nicht alleine in der Wohnung sondern jemand dort war, um den er sich kümmern konnte und mußte. Die kleine, grauschwarz getigerte Katze tauften die beiden auf den Namen Susi und den schwarz-weiß gefleckten Kater auf Murkel.

In Vorbereitung des Prozesses am 5. Mai 2026 wurden auch der Staatsanwalt Hausmann und der Vorsitzende Richter der Strafkammer, die Robert zunächst verurteilt und dann freigesprochen hatte, Frank Keller, zum Prozeß geladen, um die genauen Umstände zu beleuchten, die zu der Aufhebung der Verurteilung führten, die so knapp vor der Vollstreckung des Todesurteils erging. Von der Vollstreckungsbehörde waren deren Leiter Bertel und der Henker Sieler geladen.

Sowohl die Psychologin, die Torsten seinem Schwiegersohn vermittelt hatte, als auch der Anwalt hatten Robert empfohlen, dem Prozeß als Zuschauer beizuwohnen. Auch Tatjana hatte sich für den Tag freigenommen, um Robert zu begleiten. Zudem hatte Anwalt Calau angeboten, ebenfalls als Zuschauer teilzunehmen, um das Geschehen für die beiden einzuordnen.

Am späten Nachmittag vor dem Eröffnungstermin betrat Richter Frank Keller das Büro seines Kollegen

Gerd Pielauer, der der zweite Richter im Prozeß gegen Robert war. Pielauer nahm ein paar Bögen Papier zu Hand, als sich Keller auf den Drehstuhl vor dem Schreibtisch setzte und kurz in dem Büro umschaute. Auf allen nur denkbaren Flächen, also auf dem Schreibtisch, dem kleinen Beistellwagen, den Fensterbrettern und noch freien Regalböden waren Aktenhefter verteilt. Für Keller war dies ein vertrauter Anblick, denn in seinem Büro und den Büros der anderen Richter sah es nicht anders aus.

»Sehr präzise und gut, wie immer«, sagte Pielauer, auf die Zettel deutend. Es handelte sich um Ausführungen, die Keller plante, vor dem Verwaltungsgericht vorzutragen, und über die er mit Pielauer zuvor noch einmal sprechen wollte.

»Ich danke Ihnen«, erwiderte Keller. »Im Grunde hatte ich erwartet, daß mit unserem Spruch die Sache erledigt ist. Daß wir jetzt auch noch vor einem Verwaltungsgericht diesen Fall zu verhandeln haben würden, hätte ich mir nicht träumen lassen.«

»Nein. Das hätte ich auch nicht. Aber ich weiß sehr wohl, daß Sie mir im Grunde eine Mitschuld daran geben. Das steht jetzt hier nicht drin, aber ihr vorwurfsvoller Gedanke, den Sie letztens in der Kantine geäußert haben...«

»Nein«, erwiderte Keller. »Ich gebe Ihnen nicht eine Mitschuld, also nicht im juristischen Sinne. Aber letztlich waren Sie es, der die Todesstrafe als Strafmaß in unsere Überlegungen eingeführt und die Schöffen davon überzeugt haben.«

»Das ist richtig. Dazu stehe ich noch heute. Ich würde in einem vergleichbaren Fall wieder tun.«

»Genau das verstehe ich nicht. Haben Sie denn aus diesem Fall Robert Werries' nichts mitgenommen?«

Pielauer legte die Zettel, die er noch in der Hand hielt, in eine Ablage.

»Mitgenommen? Zumindest ist mir nicht entgangen,

daß es Sie mitgenommen hat. Aber ich muß Ihnen ganz ehrlich sagen, daß dieser durchaus tragische Fall an meiner Grundhaltung nichts verändert hat.«

»Nehmen wir an, wir hätten noch einmal eine Viertelstunde länger für den Freispruch gebraucht«, erwiderte Keller mit ruhiger Stimme. »Dann hätte Herr Werries vielleicht schon am Galgen gehangen, obwohl er unschuldig war.«

Der hochgewachsene Pielauer stand aus seinem Drehstuhl auf und ging ein paarmal zwischen Schreibtisch und Fenster auf und ab.

»Meine Meinung ist, daß wir stets bei einem Verfahren zunächst an das Höchstmaß der Strafe zu denken haben. Im Verlaufe des Verfahrens beobachte ich, ob sich irgendwelche Verhaltensweisen und Tatsachen ergeben, die dazu geeignet sind, das Strafmaß zu reduzieren. Ergeben sich solche nicht, bleibt es beim Höchstmaß. Und bei Herrn Werries hatte ich den Eindruck, daß er durch sein ständiges Bestreiten der Tat eben keine Reue zeigte, die es gerechtfertigt hätte, das Urteil von Tod durch den Strang auf Lebenslänglich zu reduzieren.«

»Wissen Sie, wo der Haken an Ihrem Argument liegt?«

»Sie werden es mir sicher sogleich sagen.«

»Jeder Tatverdächtige, der unschuldig ist, und der sich weigert, eine Tat zuzugeben und zu bereuen, die er gar nicht begangen hat, wird nach Ihrer Philosophie, soweit sich während des Prozesses seine Unschuld nicht ergibt, zur Höchststrafe verurteilt.«

Pielauer lächelte leicht.

»Das Risiko nehme ich gerne in Kauf. Meine Erfahrung zeigt, daß es sich in der Regel nicht realisiert.«

»Und Sie meinen nicht, daß Sie Ihre Strategie wenigstens im Hinblick auf die Todesstrafe modifizieren sollten?«

»Nein. Wir sind den Opfern schuldig, die Täter so hart wie möglich zu bestrafen.«

Nun stand auch Keller auf und ging im Büro ein paarmal auf und ab.

»Nein. Das sind wir nicht. Wir sind gesetzlich verpflichtet, über das Ergebnis der Beweisaufnahme nach unserer freien, aus dem Inbegriff der Verhandlungen geschöpften Überzeugung zu entscheiden. Paragraph 261 Strafprozeßordnung.«

»Aber wie wir zu dieser Überzeugung kommen, steht nicht in der StPO.«

»Nein. Aber die Strafe muß tat- und schuldangemessen sein.«

»Auch der Weg dorthin ist nicht vorgeschrieben«, entgegnete Pielauer.

»In gewisser Weise aber doch. Wenn Sie von Anfang an davon ausgehen, daß die Tat mit der Höchststrafe zu bestrafen ist, fragen Sie doch zunächst nicht danach, ob diese angemessen ist, sondern setzen sie einfach voraus. Ich hingegen gehe offen an diese Frage heran, schaue mir den Fall an und entscheide, wie es in der StPO geht, frei nach dem Inbegriff meiner aus der Verhandlung geschöpften Überzeugung.«

Pielauer setzte sich wieder in seinen Drehstuhl.

»Sie werden mich nicht überzeugen und ich werde Sie nicht überzeugen«, stellte er dann fest. »Im Ergebnis sind wir alle doch nur Handwerker, die das Handwerkszeug, also die Gesetze, die uns der Gesetzgeber vorgibt, anwenden. Unser Ermessen ist durch den Strafrahmen dabei doch erheblich begrenzt. Wir sind nicht dazu da, die Gesetze in Frage zu stellen oder darüber zu philosophieren, ob ihr Inhalt richtig oder falsch, gut oder schlecht ist. Hier wird ein Rahmen vorgegeben, und an dem orientiere ich mich, und zwar von oben nach unten.«

»Tut mir leid. Ich finde, daß Sie damit Ihre Rolle herunterspielen und sich selbst unnötig beschränken.«

Pielauer zog einen Aktenhefter unter einem kleinen Stapel weiter hervor und schlug ihn auf.

»Ich empfinde diese Beschränkung nicht. Das alles ist für mich Mittel und Weg, mit diesen bedrohlichen Ausmaßen unbearbeiteter Aktenhefter fertig zu werden.«

Keller zuckte kurz mit seinen Schultern.

»Dann will Sie auch nicht weiter stören. Mir ging es ohnehin vor allem nur darum festzustellen, ob Sie mit dem, was ich auszuführen gedenke, einverstanden sind.«

»Das bin ich«, brummte Pielauer mit Blick in die Akte und Keller wandte sich zum Gehen. Pielauer ließ die Akte auf den Schreibtisch sinken.

»Herr Kollege«, sagte er, bevor Keller die Bürotür erreichte. »Glauben Sie bitte nicht, daß ich herzlos bin. Auch mich hat das Schicksal dieses unglücklichen Herrn Werries nicht kalt gelassen. Aber es ist Teil unseres Systems, daß auch die Gerichte zuweilen gutgemachten Täuschungen aufsitzen. Wir hatten im Prozeß alles getan, um die Wahrheit zu ermitteln, und der Fall präsentierte sich nun einmal so, wie er war. Daß diese Zeugen erst kurz vor der Hinrichtung das Photo von Herrn Werries in der Zeitung sahen, war ein Zufall und eigentlich Glück für ihn.«

»Wir haben alles getan?«, fragte Keller. »Da bin ich mir nicht sicher. Staatsanwalt Hausmann hat im hinter einem Schrank versteckten Tresor die Lösung des Falles gefunden und den mutmaßlichen Täter bereits festnehmen lassen. Alles lag eigentlich die ganze Zeit vor unseren Augen. Aber wir haben es nicht gesehen, weil wir der leichteren, offensichtlicheren Spur folgten, was durch unsere Arbeitsüberlastung begünstigt wurde. Aber das ist für mich keine Entschuldigung, sondern eine Motivation, auch weiterhin auf die Verhängung der Todesstrafe zu verzichten. Ich wünsche Ihnen noch einen angenehmen Nachmittag.«

Keller verließ das Büro. Pielauer zuckte kurz mit seinen Schultern und widmete sich wieder der Akte für den Prozeß, den er am nächsten Tag als Vorsitzender Richter zu führen hatte.

Roberts psychischer Zustand hatte sich im Laufe des Aprils wieder gebessert und Tatjana fühlte sich deutlich erleichtert, wenn sie aus dem Haus gehen mußte. Beide bereiteten sich auf den Prozeßbeginn am nächsten Tag vor. Hierzu kam auch Anwalt Calau am Abend noch einmal in der Wohnung der beiden vorbei und besprach mit ihnen die Möglichkeiten, die sich während des Prozesses ergeben könnten.

Die Online-Petition zur Entscheidung des Gerichts hatte einen sehr großen Zuspruch bekommen. Richter Haubert hatte allerdings die Annahme verweigert, was Calau als ein schlechtes Zeichen betrachtete.

»Ich bin sowieso kein Freund davon«, sagte er, »zu alles und nichts Petitionen durchzuführen. Noch weniger halte ich davon, wenn solche Petitionen Einfluß auf Gerichtsurteile nehmen wollen, wie in diesem Fall. Ich habe oft erlebt, daß Richter sich dadurch unter Druck gesetzt fühlen und möglicherweise dann eher in die Gegenrichtung der Petition urteilen, als ihnen zu folgen. Das kann ich nachvollziehen, denn die Richter verfügen über eine grundgesetzlich garantierte Unabhängigkeit.«

»Sie meinen, wir könnten wegen der Petition ein Urteil zu Roberts Nachteil bekommen?«, fragte Tatjana. Calau atmete einmal kurz durch.

»Wenn der Prozeß entsprechend verläuft, wäre das nicht auszuschließen. Ich kenne Haubert aus Prozessen. Er ist... wie soll ich sagen... manchmal etwas schwierig. Zuzuhören ist an manchen Tagen nicht seine Stärke, und wenn er erst einmal auf Kurs ist, wird es nicht leicht, ihn davon abzubringen.«

»Und was können wir da jetzt tun?«, fragte Robert.

»Nichts«, erwiderte Calau. »Nur daß wir sehr schnell reagieren müssen, wenn das Verwaltungsgericht sich auf den Standpunkt stellt, daß das Urteil trotz Ihrer Unschuld zu vollstrecken sei.«

»Halten Sie das tatsächlich für möglich?«, fragte Tatjana. Calau nickte, während er die Katze Susi kraulte, die es sich auf seinem Schoß bequem gemacht hatte.

»Seit ihrer Einführung ist die Todesstrafe in der Rechtsprechung und Lehre leidenschaftlich umstritten. Es gibt viele Fraktionen in dieser Frage, die auf der einen Seite von der Verfassungswidrigkeit überzeugt sind bis hin zu jenen, die meinen, selbst die Hinrichtung Unschuldiger sei noch durch den Rechtsstaat gedeckt. Mitten zwischen allen Stühlen sitzt das Verfassungsgericht, das, wie gesagt, mit seinem Patt in dieser Frage sich nicht in der Lage sieht, zu entscheiden. Die Befürworter drängen auf eine Entscheidung, die bei einem Patt in der Entscheidung zugunsten der Todesstrafe ausfiele, die anderen wollen noch weitere Argumente sammeln, um die beiden konservativen Richter noch zu überzeugen. Hier ist noch einmal zu unterscheiden. Richter Kuhlmann neigt der Todesstrafe stärker zu als Richter Wenger, an dessen Überzeugung im Grunde die ganze Frage hängt. Kommt er zu der Auffassung, daß die Todesstrafe mit dem Grundgesetz nicht vereinbar ist, steht es 5:3 im Senat und die Todesstrafe wird abgeschafft. Laviert er weiter mit dem Hinweis herum, daß die Verfassungsrichter sich nicht über die Maßen in die grundsätzlichen Entscheidungen des Gesetzgebers einmischen dürfen, bleibt es bei der Todesstrafe.«

»Das kann ja heiter werden«, brummte Robert.

»Die Entscheidung, ob die Todesstrafe bis zur Entscheidung in der Hauptsache ausgesetzt wird, scheitert an diesem Patt«, fuhr Calau fort. »Im Grunde genommen verstünde es sich von selbst, daß die Strafe nicht vollstreckt werden darf, bis das Verfassungsgericht über deren Verfassungsmäßigkeit geurteilt hat, denn die Toten, die bis dahin gehenkt wurden, lassen sich nicht wieder lebendig machen. Weil aber auch in dieser Frage das Verfassungsgericht gespalten ist, morden die Henker fröhlich weiter bis endlich mal eine Entscheidung auch in dieser Detailfrage kommt. Sie sehen, ich bin ein entschiedener Gegner der Todesstrafe.«

»Das bin ich auch«, sagte Robert. »Jetzt noch mehr als vorher schon, nachdem ich einen so tiefen Einblick die Abläufe bekommen habe.«

»Das überrascht mich nicht«, sagte Calau. »Ich habe auch einiges aus Ihrem Fall gelernt. Wichtig ist, daß wir unmittelbar nach dem Urteil reagieren. Wer weiß, was die Vollstreckungsbehörde daraus zieht. Deshalb sollten wir an jedem Tag der Verhandlung vor Ort sein. Wenn Sie da noch weitere Fragen haben, stehe ich gerne zur Verfügung.«

Robert nickte, während Tatjana die Katze von Anwalt Calau entgegennahm, die dieser herüberreichte. Die drei verabredeten, sich am Eingang des Gerichts zu treffen und gemeinsam hineinzugehen. Robert begleitete Calau noch zur Wohnungstür.

»Ich hoffe, ich habe Ihnen nicht zu viele Sorgen gemacht«, sagte Calau an der Wohnungstür. »Aber ich halte nichts davon, Ihnen jetzt falsche Hoffnungen zu machen und zu sagen, daß das Gericht zwei Tage verhandelt und dann alles verwirft. Es kann auch anders kommen. Aber wir werden alles tun, damit Sie endlich wieder Ihre Freiheit genießen können.«

»Ich danke Ihnen«, sagte Robert. »Inzwischen habe ich gelernt, damit umzugehen.«

Calau nickte kurz und machte sich dann auf den Weg über das Treppenhaus ins Erdgeschoß.

Für den Nachmittag war eine Kabinettssitzung zu aktuellen Themen angesetzt. Als Justizminister Gobenhagen mit seiner Aktentasche unter dem Arm in den Flur einbog, an den der Kabinettssaal grenzte, sah er, wie Bundeskanzler Mei aus der anderen Richtung auf den Kabinettssaal zuging. Als der Kanzler den Justizminister sah, ging er am Kabinettssaal vorbei auf diesen zu.

»Gut, daß ich Sie noch vor der Sitzung treffe«, sagte Mei. »Ich wollte noch etwas mit Ihnen besprechen.«

»Ja, was gibt es denn?«, fragte Gobenhagen.

»Morgen beginnt die Verhandlung um den Widerspruch ihrer Behörde gegen die Nichtvollstreckung des Todesurteils gegen Werries. Mein Kanzleramtsminister hat mich heute morgen darauf noch einmal angesprochen, und ich bin seiner Meinung: Sie sollten verhindern, daß die Behörde das Todesurteil vollstreckt. Sonst sehe ich noch ein wenig schwärzer für das Verfahren vor dem Verfassungsgericht.«

Gobenhagen verdrehte seine Augen.

»Ich habe Ihnen doch letztens schon auf der Sitzung gesagt, daß ich nicht die Absicht habe, meine Behörde daran zu hindern, Recht und Gesetz umzusetzen.«

»Ja, das haben Sie«, erwiderte Mei mit unverhohlenem Ärger. »Aber Sie können nicht dauernd mit dem Ende dieser Koalition drohen, wenn Sie selbst so massiv dazu beitragen, daß das Verfassungsgericht die Todesstrafe abschaffen wird. Dieser Fall ist doch gerade ein Paradebeispiel für das, was die Gegner der Todesstrafe stets sagen.«

»Ich kenne Ihre Argumente. Aber ich bin absolut dagegen, den Lauf der Dinge aufzuhalten. Gemäß dieses Gesetzes ist der Mann hinzurichten, und so sei es.«

»Sie sollten sich etwas mehr mit der veröffentlichen Meinung befassen, dann würden Sie erkennen, wie allein Sie auf weiter Flur stehen, was den Fall Werries angeht«, sagte Mei und wandte sich der Tür zum Kabinettssaal zu, als Gobenhagen ihn am Arm griff.

»Sorgen Sie lieber dafür, daß Ihr Verfassungsrichter auf Linie bleibt. Wir haben unsere Zusagen stets eingehalten und Ihnen geholfen, Ihr Programm umzusetzen. Auf uns war immer Verlaß. Sorgen Sie dafür, daß es bei Ihren Leuten auch so ist!«

Mei löste seinen Arm von Gobenhagens Griff und öffnete die Tür zum Kabinettssaal.

»Wenn Sie noch etwas zu sagen haben«, erwiderte Mei, »dann tun Sie es während der Sitzung! Ich habe gesagt, was ich zu sagen habe.«

11.

Die Berichterstattung über den Fall hatte im Vorfeld der Verhandlung vor dem Verwaltungsgericht wieder zugenommen. Gemessen daran erschien Robert das Interesse mäßig, wenngleich der Zuschauerraum recht gut gefüllt war – vorwiegend jedoch mit Journalisten. Der Paukenschlag an jenem Tag war jedoch bereits durch eine Pressemitteilung des Verfassungsgerichtes erfolgt, daß die mündliche Verhandlung zur Frage der Rechtmäßigkeit der Todesstrafe auf den 3. Juni 2026 angesetzt hatte. Die von vielen Beobachtern erwartete Aussetzung der Todesstrafe bis dahin blieb jedoch abermals aus.

Als Robert und Tatjana sich zusammen mit Anwalt Calau einen Platz suchten, trat ein hochgewachsener Mann mittleren Alters auf die drei zu und reichte zunächst Robert die Hand.

»Herr Werries, ich wünsche Ihnen für dieses Verfahren Glück«, sagte er.

»Vielen Dank, Herr Walther«, erwiderte Robert, denn er hatte den Mann sofort erkannt. Es handelte sich um den Co-Fraktionschef der Sozialisten im Bundestag, Bernd Walther. Er stellte kurz seine Frau und Anwalt Calau vor.

»Sehr erfreut«, sagte Walther. »Meine Kollegin Frau Stern hat heute leider einen wichtigen Termin im Ausschuß, aber ich werde diesen Prozeß für unsere Fraktion verfolgen. Und ich würde mich gerne im Anschluß an diesen Prozeßtag ein wenig mit Ihnen unterhalten, wenn es Ihnen recht ist.«

»Ja, das ist mir recht.«

Walther setzte sich zu Robert, Tatjana und Calau in den Zuschauerraum und sie warteten gemeinsam ab, bis das Verfahren begann.

Die drei Berufsrichter und die beiden Schöffen betraten das Gericht. Alle Anwesenden erhoben sich und der Vorsitzende Richter Haubert eröffnete die Verhandlung. Gegenstand der Verhandlung, erklärte Haubert, sei die Entscheidung der Strafkammer, den Beklagten Robert Werries freizusprechen und die Hinrichtung abzubrechen, obwohl sie nach dem Gesetz wegen Eintritts in das Verfahren zur Hinrichtung nicht mehr hätte unterbrochen werden dürfen. Zunächst stellte der Henker seine Sicht der Dinge dar, nach der der Anruf der Staatsanwaltschaft eindeutig zu spät gekommen sei, und somit die Hinrichtung nicht mehr hätte aufgehalten werden können.

»Haben Sie denn erwogen, daß eine Hinrichtung untunlich sein könnte, einen Mann, dessen Unschuld erwiesen ist, dennoch hinzurichten?«, fragte die Beisitzende Richterin Simone Goldschmidt.

»Frau Richterin«, erwiderte Sieler, »Wir sind eine Behörde wie alle anderen und haben uns nach Recht und Gesetz zu richten. Das Gesetz sieht vor, daß die Hinrichtung zu vollstecken ist, wenn sie begonnen wurde. Für mich stellte sich die Frage nach Schuld oder Unschuld nicht – und stellt sich bis heute auch nicht –, sondern ich habe zu tun, was das Gesetz mir vorschreibt.«

Die Richterin machte sich Notizen. Als nächster war Staatsanwalt Hausmann an der Reihe.

»Unsere Behörde hatte gleich nach der Kenntnisnahme der Entscheidung des Gerichts sich darum bemüht, die Hinrichtung zu verhindern. Aus meiner Sicht spielt es dabei eigentlich keine Rolle, ob sich die Unschuld des Verurteilten einen Tag, eine Stunde oder eine Minute vor der Vollstreckung der Strafe erweist. Wir kennen auch die Aufhebung einer Strafe, die bereits vollstreckt wird. Wer zum Beispiel wegen Mordes verurteilt wird und eine lebenslange Haftstrafe anzutreten hat, wird entlassen, rehabilitiert und entschädigt, wenn sich während der Haft seine Unschuld erweist. Nach der Vollstreckung der Todesstrafe ist dies allerdings nicht möglich, so daß wir dankbar sein dürfen, daß sich die Unschuld von Herrn Werries noch vor seiner Hinrichtung ergeben hat.«

»Erklären Sie bitte den Vorgang anhand der jeweiligen Uhrzeit«, sagte Richter Haubert.

»Um 12:35 Uhr sollte die Hinrichtung stattfinden«, sagte Hausmann. »Gegen 12:10 Uhr beschloß das Gericht, daß das Urteil gegen Herrn Werries aufgehoben wurde. Das Urteil ging bei uns in der Staatsanwaltschaft laut Aufdruck des Faxgerätes um 12:22 Uhr ein. Es ist nicht an mir, zu spekulieren, aber die Beurkundung des Urteils dürfte etwas Zeit in Anspruch genommen haben. Umgehend habe ich mich zum Gefängnis durchstellen lassen, was offenbar ein wenig Probleme bereitete, denn ich befand mich bis ungefähr 12:26 Uhr in einer Telephonschleife. Dann nahm Frau Werries das Gespräch entgegen und holte den Henker an das Telephon, der zunächst den Abbruch der Hinrichtung verweigerte, weil der Widerruf zu spät käme. Die zehn Minuten, die der Gesetzgeber als Frist, innerhalb der die Hinrichtung nicht mehr aufzuhalten sei, gesetzt habe, sei bereits angelaufen. Nach einem kurzen Disput verzichtete Herr Sieler auf die Fortsetzung der Hinrichtung und kündigte mir gegenüber später Schritte gegen die Entscheidung an.«

»Angesichts dessen, was Sie gerade geschildert haben, Herr Staatsanwalt, haben Sie da irgendwelche Zweifel daran, daß Herr Sieler sich auf eine rechtmäßige Position bezogen hat?«

Hausmann warf einen kurzen Blick zu Richter Keller herüber und wandte sich wieder dem Vorsitzenden Richter Haubert zu.

»Zu den Details wird Richter Dr. Keller noch Ausführungen machen, aber Sie fragten ja nach meiner Position. Das Gesetz sieht vor, daß eine Begnadigung bis zehn Minuten vor der Hinrichtung zu erfolgen hat.

Bezüglich der Frage, ob im Falle eines Freispruchs diese Regelung analog anzuwenden ist, bestehen unterschiedliche Auffassungen in der Rechtswissenschaft. Nach meinem Dafürhalten ist die Position von Sieler nicht haltbar, weil die Unschuld des Verurteilten den Strafgrund beseitigt. Aus meiner Sicht kommt es mithin nicht darauf an, ob sich diese Unschuld elf oder eine Minute vor der Hinrichtung erweist.«

»Gut«, sagte der Vorsitzende Richter. »Ich führe hiermit den Wortlaut des Gesetzes ein. Paragraph 19 Absatz 3 des Gesetzes zur Vollstreckung der Todesstrafe, Abkürzung: TVstrG, heißt es: *Ist die Vollstreckung der Todesstrafe bereits in Vollzug gesetzt, besteht für eine Begnadigung durch den Bundespräsidenten oder eine weitere zuständige Stelle keine Möglichkeit, den Vollzug der Strafe zu beenden. Der Vollzug der Todesstrafe setzt zehn Minuten vor dem durch Urteil festgesetzten Zeitpunkt ein.*« Hausmann nickte zustimmend.

»Wie aus Ihrem Zitat hervorgeht, Herr Vorsitzender, ist hier lediglich von Begnadigung, jedoch nicht von Freispruch die Rede.«

»Sie werden aber auch einräumen müssen, daß hier verbindlich der Beginn der Todesstrafe festgesetzt wird«, erwiderte Richter Haubert.

»Ja, ohne jeden Zweifel. Gleichwohl halte ich diese Regelung nach wie vor auf einen Freispruch für nicht anwendbar. Doch selbst, wenn man sich auf diese Position zurückziehen wolle, ist zu berücksichtigen, daß der rechtzeitigen Mitteilung des Freispruchs technische Probleme entgegenstanden, die weder meine Behörde noch der Verurteilte zu vertreten haben. Wäre mein Anruf nicht erst in die Schleife geleitet sondern direkt durchgestellt worden, wäre die Erklärung selbst nach diesem – wie ich meine – rechtswidrigen Gesetz rechtzeitig gekommen.«

Richter Keller nickte zustimmend, während sich Anwalt Calaus Mine sich ein wenig verfinsterte. Er teilte

die Auffassungen Hausmanns, fürchtete aber zugleich, daß sich Richter Haubert bereits auf die Rechtmäßigkeit von Paragraph 19 Absatz 3 TVstrG festgelegt hatte. War dies der Fall, konnte es schwierig werden ein Urteil zu bekommen, daß die Hinrichtung stoppte.
Nach einigen weiteren Detailfragen folgte die Erklärung von Behördenleiter Bertel. Er bezog sich auf den Gesetzeskommentar, den er bereits gegenüber seinen Stellvertreter Marks erwähnt hatte und begründete damit eine analoge Anwendung. Auf Nachfrage der Richterin Goldschmidt erklärte auch Bertel, daß er der Auffassung sei, daß die Hinrichtung zwingend durchzusetzen sei, weil das Gesetz es so anordne und eine entsprechende analoge Anwendung im Falle der Unschuld geboten sei.
»Und Sie haben keinen Zweifel daran, daß diese Rechtsposition angesichts der Unschuld des Delinquenten haltbar ist?«, fragte Richterin Goldschmidt.
»Das ist nicht Sache meiner Behörde. Über Schuld oder Unschuld entscheidet das Gericht.«
Bertels Gesicht war anzusehen, daß ihm in dem Moment bewußt wurde, daß er sich gerade selbst ein Bein gestellt hatte.
»Das Gericht hatte aber doch entschieden, daß Herr Werries unschuldig ist«, setzte Goldschmidt sofort nach.
»Ja, aber doch zu spät. Zum Zeitpunkt des Beginns der Hinrichtung, war die entsprechende Mitteilung nicht ergangen, somit ist die Hinrichtung nicht mehr aufzuhalten gewesen und nach wie vor so bald wie möglich zu vollstrecken.«
Robert schloß seine Augen. In diesem Moment sah er sich wieder in der Zelle, wenige Minuten bevor der Henker kommen, ihn in den Hof des Gefängnisses führen und den Strick um seinen Hals legen würde. Er würde den schwarzen Sack über Roberts Kopf ziehen und dann den Knopf drücken, der die Falltür öffnete.

In dem Moment spürte er, wie Tatjana seine Hand ergriff und leicht drückte. Er öffnete seine Augen und sah sie an, während vor Gericht der Leiter der Vollstreckungsbehörde seine Auffassung weiterhin bekräftigte, daß die Hinrichtung zu Ende gebracht werden müsse.

Es folgte die Verlesung des Kommentars von Gebhart/Kaul/Eisenberg, die sich auf den Standpunkt stellten, daß eine Anwendung der Vorschrift auf die Aufhebung des Urteils jedenfalls anzuwenden sei, zumal sich der Gesetzgeber in dieser Frage auch gemäß der Gesetzgebungsunterlagen nicht geäußert hätte. Hier wurde im Kommentar eine unbewußte Regelungslücke erblickt, die durch eine entsprechende Auslegung zu beseitigen sei.

Nun erfolgte eine Mittagspause. Es war ersichtlich, daß Richter Haubert die Verhandlung an einem Tag führen wollte, um bald darauf das Urteil in der Sache fällen zu können. Calau befürchtete, daß die Petition gegen die Hinrichtung ihn zu dieser Eile angetrieben haben konnte, äußerte dies jedoch gegenüber Robert und Tatjana nicht ein weiteres Mal.

»Unsere Fraktion hat gemeinsam mit Sozialdemokraten und Ökologen eine Normenkontrollklage gegen die Todesstrafe an sich vor dem Verfassungsgericht eingereicht«, erklärte Walther während der Pause. »Ihr Fall bestätigt unsere weitergehenden Bedenken gegen diese Art der Strafe, zusätzlich zu unserer grundsätzlichen Ablehnung der Todesstrafe. Wir würden Ihnen gerne helfen, Ihr Recht auch vor dem Verfassungsgericht durchzusetzen.«

»Herr Calau wird mir dabei bereits behilflich sein«, erwiderte Robert.

»Das steht dem nicht entgegen«, sagte Walther, und Calau nickte zustimmend.

»Dann bin ich gerne einverstanden«, sagte Robert.

»Gut. Wie sehen Sie denn den Stand der Verhandlung?«, wollte Walther von Calau wissen, dem die Frage sichtlich unangenehm war.

»Also... wenn ich ehrlich sein soll... ich bin im Moment eher pessimistisch. Mein Eindruck ist, daß Haubert mit den Vertretern der Vollstreckungsbehörde freundlicher umgeht als mit dem Staatsanwalt. Weil Frau Goldschmidt bislang als einzige Flagge gegen die Todesstrafe gezeigt hat – nach meiner Einschätzung, versteht sich –, ist nicht abzusehen, wie der andere Beisitzer und die Schöffen der Kammer dazu stehen. Ich habe das Schreiben an das Verfassungsgericht bereits fertiggemacht. Es braucht gegebenenfalls nur etwas ergänzt zu werden und kann dann sofort herausgehen.«

»Das ist auch mein Eindruck«, sagte Walther. »Wir hatten vor ein paar Tagen eine Aktuelle Stunde im Bundestag zu Ihrem Fall, Herr Werries.«

»Ich weiß«, erwiderte Robert. »Das habe ich im Fernsehen verfolgt.«

»Der Justizminister steht hinter seiner Behörde, der Bundeskanzler war nicht da. Er ist immer nicht da, wenn es um die Lieblingsprojekte der Rechtspopulisten geht. So kann man sich auch vor der Verantwortung verstecken.«

»Er hat ja auch seine Projekte bislang ohne Probleme durchführen können«, sagte Robert. »Besonders das Freihandelsabkommen mit China. Ich glaube nicht, daß Kanzler Mei das Abkommen mit einem anderen Koalitionspartner so problemlos durch das Parlament bekommen hätte.«

»Das glaube ich auch«, meinte Walther. »Nur leider ist diese Regierung jetzt noch bis Ende des nächsten Jahres im Amt und wird wohl bis dahin noch einiges mehr anrichten. Alles, was bislang geschehen ist, hat sich nicht nachteilig auf die Regierungsparteien ausgewirkt.«

»Das wird wohl auch nicht der Fall sein, wenn das

Bundesverfassungsgericht die Todesstrafe kippt«, meinte Robert mit leichter Resignation in der Stimme.

»Das werden wir sehen. Die Petition zu Ihren Gunsten hatte ein recht großes Echo.«

»Ist nur die Frage, ob es am Ende mehr genutzt oder geschadet hat«, murmelte Robert. Kurz darauf war die Mittagspause vorbei und der Prozeß wurde fortgesetzt.

Nun war der Vorsitzende Richter der Strafkammer Frank Keller an der Reihe, vor Gericht die Abläufe des Freispruchs vorzutragen.

»Die Staatsanwalt teilte uns zwei Tage vor dem Termin der Hinrichtung gegen 10 Uhr morgens mit, daß sich zwei Zeugen gemeldet hatten, denen Herr Werries an jenem Ort aufgefallen war, zu dem er zum Zeitpunkt der Ermordung Karl Woszinskys angegeben hatte, gewesen zu sein. Weil an jenem Vormittag ein bereits angesetzter Prozeß stattfand, der zweite Prozeß jedoch auf der Erkrankung einer Prozeßpartei ausfiel, bemühten wir uns darum, die Zeugen zu diesem Zeitpunkt, das war 11:40 Uhr, zu laden. Dies gelang aus terminlichen Gründen jedoch nur bei einem der beiden Zeugen. Dieser hatte das Photo im Vorfeld der Hinrichtung im Rahmen der Berichterstattung in den Medien gesehen und diesen wiedererkannt. Sein Freund, so der Zeuge, habe dies bestätigt.«

»Gab es weitere Belege außer der Zeugenaussagen, die ja wohl ein gutes Jahr nach der Tat gemacht wurden?«, fragte der Vorsitzende Richter.

»Ja«, erwiderte Keller. »Es wurden Photos mit einem Zeitstempel vorgelegt von einer Veranstaltung, die die Anwesenheit Herrn Werries eindeutig auch zeitlich zuordnen ließ. Die Authentizität der Photos wurde kriminaltechnisch überprüft, unter anderem an Hand anderer, verbürgter Aufnahmen, die zu der Zeit aufgenommen wurden. Dabei erwies sich, daß Herr Werries auf einem der anderen Photos teilweise, also

ein Teil des Armes und ein Teil der Hose von hinten, zu sehen waren. Diese Ergebnisse lagen allerdings erst am Morgen des Tages der geplanten Hinrichtung vor.«
»Konnten Sie den zweiten Zeugen auch noch befragen?«
»Ja. Am drauf folgenden Tag um 16 Uhr in Anwesenheit des Richters Pielauer und eines der beiden Schöffen. Am folgenden Tag, also bei Vorlage des Schnellgutachtens zu den Photos und der Bewertung der weiteren Aussagen und Hinweise war das Gericht wieder in voller Kammerbesetzung zusammengetreten.«
»Um welche Uhrzeit geschah dies?«
»Aus terminlichen Gründen um 11:00 Uhr. Die Beratung zog sich etwas über eine Stunde hin bis ca. 12:10 Uhr. Der Beschluß, das Urteil gegen Herrn Werries aufzuheben, fiel einstimmig aus. Das Urteil wurde sofort zur Verschriftlichung und zur Übermittlung an das Gefängnis, die Vollstreckungsbehörde und die Staatsanwaltschaft weitergegeben. Staatsanwalt Hausmann benachrichtigte nach Eingang des Urteils das Gefängnis. Unser Sekretariat faxte das Urteil laut Faxprotokoll um 12:27 Uhr an das Gefängnis.«
Der Henker nickte zustimmend.
»Wie kam es zu dem Todesurteil?«, fragte Richterin Goldschmidt.
»Nun«, erwiderte Keller. »Bei den Beratungen über den Fall stand als mein erster Vorschlag lebenslange Haft zur Debatte. Es handelte sich um einen reinen Indizienprozeß. Richter Pielauer setzte sich sogleich für die Todesstrafe ein, weil aus seiner Sicht der Tatverdächtige keine Reue zeigte und statt dessen auf seiner Unschuld beharrte. Diese Linie bekräftigte er in einem Gespräch am gestrigen Nachmittag noch einmal mir gegenüber. Und er setzte sich mit seiner Linie bei den Schöffen durch. In der Abstimmung über das Urteil erging dies mit den Stimmen Pielauers und der

beiden Schöffen gegen meine Stimme.«

»Und würden Sie heute erneut so abstimmen?«, fragte Richter Haubert.

»Heute noch mehr als damals.«

»Sie lehnen die Todesstrafe ab?«

»Ich halte sie für mit der Verfassung nicht vereinbar. Deshalb würde ich auch anregen, den Prozeß hier nunmehr auszusetzen und die Frage hinsichtlich der Frist von zehn Minuten, in denen das Todesurteil nicht mehr revidierbar sein soll, dem Bundesverfassungsgericht zur Entscheidung vorzulegen.«

Nun sah Richter Haubert seinen Kollegen mit einem kalten, abweisenden Blick an.

»Dieses Gericht ist durchaus selbst in der Lage zu entscheiden, ob eine Frage der Vorlage vor dem Verfassungsgericht bedarf oder nicht. Wir benötigen auch sonst keine Hilfe von außen bei unserer Urteilsfindung.«

»Das ging gegen die Petition«, raunte Calau Robert und Tatjana zu.

»Dessen bin ich sicher«, erwiderte Keller. »Ich wollte dies nicht in Frage stellen sondern nur anregen.«

»Dieses Gericht nimmt die Anregung entgegen, folgt ihr jedoch nicht«, antwortete Haubert.

»Das ist sehr bedauerlich.«

»Warum?«

»Weil es um eine zentrale Frage in diesem Prozeß geht, die verfassungsrechtlich umstritten ist. Vor der Mittagspause wurde die Auffassung von Gebhard/Kaul/Eisenberg verlesen. Diese gehen von der Möglichkeit einer Analogie aus. Aber nicht nur Boder/Weilhem vertreten die Auffassung, daß der Vergleich eines Freispruchs mit der Begnadigung des Bundespräsidenten zu kurz greift, weil der Freispruch das Urteil an sich beseitigt. Aus meiner Sicht ist die Grundlage der Analogie, die Gebhard und andere konstruieren, nicht gegeben. Aus rechtsstaatlichen Gründen darf eine Analogie nicht zum Nachteil des Tatverdächtigen gezogen werden, was hier aber der Fall wäre, ginge man davon aus, daß der Freispruch, wenn er innerhalb dieser besagten zehn Minuten bekannt würde, die Hinrichtung nicht mehr aufheben könne.«

»Der Täter!«, rief Bertel dazwischen. »Denken Sie doch mal an die Opfer, die ein Recht auf Genugtuung haben!«

»Mein verehrter Herr Bertel«, sagte Haubert mit leichter Verärgerung in der Stimme. »Sie haben jetzt nicht das Wort, sondern Dr. Keller.«

»Ich betone noch einmal: Aus rechtstaatlichen Erwägungen darf eine Analogie, die bekanntlich eine vom Gesetzgeber ungeplante Regelungslücke voraussetzt, dem Tatverdächtigen nicht zum Nachteil gereichen. Wolle man hier nun eine Analogie ziehen, dann müsse diese so ausfallen, daß der Beweis der Unschuld die Hinrichtung bis zur letzten Sekunde verhindern kann. Aus meiner Sicht darf diese Regelung, die auch schon hinsichtlich der Begnadigung fragwürdig ist, nicht anders ausgelegt werden.«

Calau meinte, ein leichtes Nicken bei der Richterin Goldschmidt bemerkt zu haben. Der Vorsitzende Richter bemühte sich hingegen, keine Regung zu zeigen.

»Nun wäre noch die Frage wichtig, wann das Urteil genau ergangen ist, also das Urteil hinsichtlich der Feststellung der Unschuld des Delinquenten.«

»Nach dem Protokoll erging das Urteil um 12:11 Uhr am 11. März 2026. Somit, wenn Sie abermals eine Analogie wollen, eindeutig vor Beginn der Hinrichtung. Auch dies könnte in Erwägung gezogen werden.«

»Sonst noch Fragen?«, fragte Haubert in Richtung seiner Richterkollegen und der Schöffen. Diese schüttelten den Kopf.

»Ich hätte gerne noch eine persönliche Bemerkung gemacht«, sagte Keller.

»Noch eine«, meinte Haubert. »Bitte sehr.«

»Ich habe mit einer Arbeit über Fritz Bauer promoviert, der für mich seit meinem Studium ein leuchtendes Vorbild ist. Seine Vorstellung zur Gerechtigkeit hat auch mich geprägt. Um so mehr ist es für mich schwer zu ertragen und ich hätte es mir auch nie träumen lassen, daß wir nach all den Erfahrungen des Dritten Reiches allen Ernstes in Deutschland vor Gericht über die Frage verhandeln, ob es rechtens sein könnte, einen unschuldigen Menschen hinzurichten.

Unsere Strafkammer stand im Vorfeld unserer Entscheidung unter erheblichem Druck, eben weil die Hinrichtung bevorstand und wir durch die Wiederaufnahme des Prozesses – auch dies sieht das Gesetz zur Vollstreckung der Todesstrafe leider so vor – diese nicht aufhalten konnten, sondern eben nur durch einen Freispruch, der aber auch fundiert sein mußte. All das bedroht die Rechtstaatlichkeit unserer Verfahren, wenn es um die Todesstrafe geht, genauso wie die Todesstrafe selbst. Als Gericht sehen wir zudem, daß unsere Entscheidung unterlaufen, ja konterkariert wird, wenn trotz der rechtskräftigen Aufhebung des Urteils durch uns die Vollstreckungsbehörde reklamiert, daß diese Aufhebung zu spät komme und die Hinrichtung des nun unschuldigen Menschen dennoch durchgeführt wird. Sollte beides als rechtskräftig angesehen werden, wäre dies ein Widerspruch in sich, den Sie niemanden erklären könnten.«

Haubert und Keller sahen einander nach diesen Worten über eine längere Zeit in die Augen. Keiner von beiden schien bereit, den Blick zu senken oder sonstwie abzuwenden und jeder von ihnen versuchte zu ergründen, was in dem jeweils anderen vor sich ging.

»Wenn Sie nichts weiter vorzubringen haben«, sagte Haubert schließlich, »ist Ihre Befragung hiermit beendet.«

Keller kehrte an seinen Platz zurück. Die Richterin

Goldschmidt beantragte, die Kommentierung des in Frage stehenden Paragraphen durch Boder/Weilhem ebenfalls wie jene von Gebhard/Kaul/Eisenberg zu Protokoll zu nehmen, was durch den Vorsitzenden Richter Haubert angeordnet wurde. Nachdem auf weitere Anträge verzichtet und auch die Protokolle der Verurteilung und des Freispruchs Werries' zu Protokoll genommen wurden, schloß Haubert den Verhandlungstag und setzte für die Verkündung des Urteil den 7. Mai um 10:00 Uhr an. Somit wurde der Verhandlungstag um 15:21 Uhr geschlossen.

12.

Robert und Tatjana gingen nach dem Gerichtstermin zusammen mit Anwalt Calau und dem Abgeordneten Walther in ein nahegelegenes Café und bemühten sich dabei, nicht von Medienvertretern erkannt zu werden, von denen der eine oder andere schon auffällig aufmerksam zu ihnen herübergesehen hatte. Dort sprachen sie über das Verfahren und die Dinge, die dort gesagt worden waren. Anwalt Calau gab sich pessimistisch, was das Urteil anging.

»Ich finde, daß Richter Keller gut argumentiert und mit allem, was er gesagt hat, recht hat«, meinte Anwalt Calau. »Aber Richter Haubert ist einfach der falsche Mann für solche Argumente, zumal wenn er merkt, daß er dem nicht viel oder gar nichts entgegenzusetzen hat. Es wäre besser, wenn ein Richter die Verhandlung geführt hat, der ein wenig offener gewesen wäre.«

»Sie meinen, wir werden übermorgen zu hören bekommen, daß die Todesstrafe gegen Herrn Werries vollstreckt werden soll?«, fragte Walther.

Calau sah zunächst Robert, dann Tatjana an und nickte schließlich.

»Ja. Das glaube ich. Ich werde den Antrag auf einstweilige Anordnung eines Stops der Todesstrafe und die Verfassungsbeschwerde dagegen morgen soweit vorbereiten, daß sie unmittelbar nach dem Urteil dem Bundesverfassungsgericht zugehen wird. Im Zweifel wird das Verfassungsgericht auf das schriftliche Urteil bestehen, deshalb werde ich geltend machen, daß die Vollstreckungsbehörde versuchen wird, schnell zu handeln, jedenfalls nach alledem, was bisher an deren Verhalten zu beobachten war. Sollte das Gericht eine Revision zulassen, was ich nicht vermute, werden wir auch diese sofort einlegen.«

»Ich glaube, ich werde bis zum Urteil kein Auge zu

machen«, sagte Robert, während Tatjana seine Hand ergriff.

»So sehr ich das verstehen kann«, meinte Calau, »Sie sollten es dennoch versuchen. Auch wenn das Gericht die Vollstreckung anordnet, ist noch nicht alles vorbei.«

»Ich glaube, ich bin nicht mehr so optimistisch.«

»Sie sollten die Hoffnung nicht aufgeben«, meinte Walther. »Ihnen steht noch der Weg zum Verfassungsgericht offen und selbst wenn es hier keinem positiven Urteil kommt, können Sie noch immer den Europäischen Gerichtshof für Menschenrechte anrufen. Die EU-Kommission hat auch bereits wegen der Einführung der Todesstrafe ein Vertragsverletzungsverfahren gegen Deutschland eingeleitet. Auch wenn es bislang düster aussieht, ist doch Licht am Ende des Tunnels.«

Robert blickte deprimiert in seinen Kaffee.

»Seit ich wegen des Mordes verhaftet wurde«, sagte er tonlos, »bestimmte der Prozeß mein Leben. Und selbst nachdem ich freigesprochen wurde, gibt es für mich nichts als Alpträume, Angst und Perspektivlosigkeit. Auf meine Bewerbungen erhalte ich lauter Absagen, von meiner Sachbearbeiterin in der Arbeitsagentur mußte ich mir sagen lassen, daß es besser sei, wenn ich gehenkt würde...«

»Wie bitte?«, fuhr Walther dazwischen, »Wo war das genau?«

»Wir haben uns bereits beschwert und mein Mann hat sofort einen neuen Sachbearbeiter bekommen«, sagte Tatjana.

»Wissen Sie, was aus der Sachbearbeiterin geworden ist?«

Tatjana und Robert zuckten kurz mit ihren Schultern.

»Als ich das letzte Mal dort war, stand an ihrem Büro ein anderer Name«, erwiderte Robert. »In einem Schreiben hat der Agenturleiter geschrieben, daß es ein Gespräch mit der Frau gegeben habe, in dem sie den Satz eingeräumt hatte und ab sofort jemand anderes für mich zuständig sei.«

»Dann wird sie wohl versetzt worden sein«, meinte Walther.

»Die Sache ist geklärt«, meinte Robert mit leichter Resignation in der Stimme. »Der neue Sachbearbeiter ist sehr freundlich und hilfsbereit, aber eine neue Stelle habe ich auch durch ihn nicht bekommen können, genausowenig wie durch meine eigenen Bemühungen.«

Walther überlegte eine Zeitlang.

»Sie sind Politikwissenschaftler, nicht wahr? Ich habe Ihren Aufsatz über die Parteienlandschaft der Nachwendezeit gelesen, und er hat mir sehr gefallen. Auch habe ich Ihre Broschüre über politischen Lobbyismus gelesen, und dies alles, bevor diese unselige Geschichte mit Ihrem Prozeß stattfand.«

Robert versuchte ein Lächeln, das leicht verunglückte.

»Darf ich fragen, welcher politischen Richtung Sie nahestehen?«, fuhr Walther fort. »Ihre Texte waren sehr sachlich und haben keine Richtung erkennen lassen.«

»Die Ihre ist schon richtig«, erwiderte Robert. »Ich sehe mich nicht so direkt einer Partei nahe, sondern stehe irgendwo zwischen Sozialdemokratie und Sozialismus.«

»Wenn Sie sich vorstellen könnten, Ihre sozialistische Seite zu betonen, würde ich mich gerne dafür einsetzen, daß Sie bei uns in der Partei eine Arbeit bekommen, wenn Sie mögen.«

»Ja, das könnte ich mir sehr gut vorstellen«, sagte Robert, und Tatjana lächelte fröhlich. »Aber so lange dieser Galgen über mir schwebt, bin ich, fürchte ich, keine so gute Wahl.«

Nun gefror Tatjanas Lächeln wieder auf ihrem Gesicht. »Robert«, sagte sie.

»Nein, nein«, erwiderte Walther, »das geht schon in Ordnung. Ich kann auch noch keine Zusagen machen, will mich aber für Sie einsetzen. Wir bleiben in Kontakt. So viel Perspektive muß sein. Daß es Ihnen jetzt schlecht geht, kann ich absolut verstehen. Vermutlich würde es mir nicht anders gehen, wenn ich in Ihrer Situation wäre.«

Tatjana lächelte wieder und sah Robert aufmunternd an.

»Ja«, meinte Calau. »Ich wünschte, ich könnte jetzt etwas zum Optimismus beitragen außer das, was Herr Walther bereits gesagt hat. Das ist natürlich absolut korrekt und auch der Weg zum Europäischen Gerichtshof für Menschenrechte steht Ihnen offen, wenn es hart auf hart kommt. Aber zunächst fahren wir mal auf Sicht und schauen, was wir hier für Sie tun können.«

Walther nickte zustimmend. Kurz darauf mußte sich Anwalt Calau wegen eines Termins auf den Weg machen und die Runde löste sich auf. Als Robert und Tatjana aufbrachen, begegneten sie auf dem Parkplatz Richter Keller.

»Schön, daß Sie noch direkt sprechen kann«, sagte er zu Robert und Tatjana. »Sie waren eben so schnell weg nach der Verhandlung.«

»Wir wollten vermeiden, von den Medien entdeckt zu werden«, sagte Tatjana.

»Das kann ich verstehen, das mache ich auch gerne so«, sagte Keller mit einem leichten Lächeln und wandte sich an Robert. »Ich möchte Ihnen sagen, wie Leid es mir tut, daß Sie jetzt in dieser Situation sind, und ich einen wesentlichen Beitrag dazu geleistet habe, daß es so ist. Meiner Meinung nach muß auch ein Gericht erkennen und anerkennen, wenn es Fehler macht, und diese korrigieren.«

»Ich danke Ihnen«, sagte Robert. »Mir hat es sehr geholfen, was Sie gesagt haben. Sie haben mir geholfen zu verstehen, worum es geht.«

»Das ist sehr freundlich von Ihnen. Ich fürchte, daß mein Kollege sich jedoch bereits festgelegt hat. Das habe ich in seinem Blick sehen können. Aber mir war es wichtig, daß das, was ich gesagt habe, ins Protokoll kommt, denn wenn er dies nicht hinreichend beachtet, kann das Urteil so oder so angegriffen werden. Deshalb müssen Sie unbedingt alle Möglichkeiten ausschöpfen, die unser Recht Ihnen bietet.«

»Das werde ich ganz gewiß tun.«

»Wenn Sie keinen Anwalt haben sollten, der Sie vor dem Verfassungsgericht vertreten kann, würde ich Ihnen jemanden empfehlen.«

»Ich habe einen Anwalt. Herrn Burkhard Calau.«

»Gut. Den kenne ich. Da haben Sie eine gute Wahl getroffen.«

Robert zeigte ein leichtes Lächeln und Richter Keller verabschiedete sich herzlich von den beiden.

Robert und Tatjana fuhren zu ihren Eltern und berichteten von der Verhandlung. Beide sagten zu, zur Urteilsverkündung mitzukommen.

Am Abend telephonierte Robert mit Sven um ihn über die neuesten Entwicklungen auf dem Laufenden zu halten. Sven selbst hatte an dem Tag keine Zeit, bat aber darum, umgehend über das Urteil informiert zu werden.

Am Abend schluckte Robert wieder die Baldrianperlen, die ihm Tatjanas Vater empfohlen hatte. Im Laufe der Behandlung waren ihm stärkere Mittel vorgeschlagen worden, die er jedoch abgelehnt hatte aus Sorge über die Nebenwirkungen.

»So weit sind die Sozialisten von uns doch gar nicht entfernt«, meinte Tatjana.

»Ja«, sagte Robert. »Aber ich habe es wohl wieder einmal vermasselt. Mein Eindruck war, daß Bernd Walther zurückruderte, als ich geantwortet hatte.«

»Das glaube ich nicht. Er wird dies wohl nur in der

Partei absprechen müssen. Außerdem werden die vermutlich ihre Stellen ausschreiben müssen.«

»Mag sein«, brummte Robert. »Dann habe ich erst recht keine Chance.«

»Ach was. Ich glaube, der Herr Walther hatte einen guten Eindruck von dir. Vielleicht solltest du mal wieder etwas schreiben? Einen Aufsatz oder ein Buch?«

»Ein Buch? Wie ich versuchte, dem Strick zu entkommen?«

»Warum nicht? Ich könnte mir vorstellen, daß das viele Leute interessiert.«

»Mal sehen. Vielleicht dann, wenn ich dem Strick wirklich entkommen bin.«

»Auch wenn der Weg vielleicht noch etwas länger ist, aber eigentlich habe ich nach dem heutigen Tag ein gutes Gefühl«, sagte Tatjana. »Ich glaube, daß wir in einem Jahr wieder ein normales Leben führen können.«

»Sag lieber fünf Jahre, wenn wir noch an den Europäischen Gerichtshof für Menschenrechte gehen müssen. Das kann alles ein wenig dauern.«

»Aber trotzdem«, meinte Tatjana. »Ich glaube, daß wir schon früher wieder ein normales Leben führen werden.«

Sie nahm ihn in ihre Arme und fügte hinzu:

»Jetzt muß ich nur noch dich davon überzeugen.«

»Da hast du dir etwas vorgenommen«, brummte Robert. »Ich habe jetzt wieder Todesangst. Ich habe die Sorge, daß die Hinrichtung nach dem Urteil schnell erfolgt, bevor das Verfassungsgericht einschreiten kann. Daß ich schnell ins Gefängnis geworfen und aufgehängt werde.«

»Nein«, rief Tatjana lauter aus als sie wollte. »Das darf nicht geschehen!«

»Ach«, seufzte Robert, »was alles nicht darf und trotzdem passiert.«

»Dann müssen wir doch gleich morgen auswandern oder zumindest die Stadt verlassen.«

»Dann wird nach mir gefahndet. Das ist doch alles keine Lösung.«

Tatjana sah Robert traurig an. In den letzten beiden Wochen hatte sie das Gefühl, daß die therapeutische Begleitung dazu beigetragen hatte, daß seine Depressionen nachgelassen hatten. Nun schienen sie angesichts eines möglicherweise negativen Urteils wieder vollständig zurückgekehrt zu sein.

»Wir haben es bis her hin geschafft«, sagte sie leise zu Robert. »Nun schaffen wir auch den Rest.«

Als Bundeskanzler Mei an jenem Abend in seinem Büro seine Sachen zusammengepackt hatte und nach Hause gehen wollte, betrat sein Kanzleramtsminister Wegemann das Büro.

»Guten Abend«, sagte der Bundeskanzler. »Ich hoffe, Sie haben heute abend keine komplizierten Dinge mehr zu besprechen. Ich bin ziemlich müde und wollte jetzt eigentlich gehen.«

»Das Urteil im Fall Werries wurde heute gesprochen.«

Mei sah seinen Kanzleramtsminister nachdenklich an.

»Das Urteil?«

»Der Mann, der hingerichtet werden sollte, obwohl er unschuldig war.«

»Ach ja. Jetzt weiß ich wieder, was Sie meinen. Also spannen Sie mich nicht auf die Folter. Wie ist es ausgegangen?«

»Das Verwaltungsgericht hat die Rechtsauffassung der Vollstreckungsbehörde bestätigt und die Hinrichtung als Rechtens erachtet.«

Mei ließ sich in seinen Bürostuhl hinter dem Schreibtisch sinken. Wegemann sah, wie es in Mei arbeitete.

»Das ist schlecht«, sagte Mei schließlich. »Das ist sehr schlecht. Sie wissen ja, daß Gobenhagen nichts gegen die Hinrichtung unternehmen will. Meinen Sie, daß das vor das Verfassungsgericht geht?«

»Davon bin ich überzeugt. Der Mann ist anwaltlich vertreten und Sie und ich wissen, daß das naheliegendste jetzt die Verfassungsklage ist.«

»Ich werde noch einmal mit Gobenhagen sprechen. Er muß unbedingt verhindern, daß das jetzt auch vor das Verfassungsgericht geht. Jedenfalls dann, wenn ihm daran gelegen ist, daß die Gegner der Todesstrafe nicht noch weitere Argumente auf dem Silbertablett serviert bekommen.«

»Ich habe noch ein Anliegen«, sagte Wegemann und legte eine Zeitung mit den neuesten Umfragewerten auf den Tisch. »Sozialdemokraten, Sozialisten und Ökologen hätten jetzt eine Mehrheit im Bundestag, würde in den nächsten Wochen gewählt.«

»Ich kenne unsere Umfragewerte«, erwiderte Mei, ohne einen Blick auf die Zeitung zu werfen. »Das wird sich alles bis zur Bundestagswahl geben, wenn wir unser Programm umgesetzt haben und die Menschen merken, daß es ihnen besser gehen wird.«

»Dafür ist nicht mehr viel Zeit, politisch gesprochen. Ich bin dafür, die Verfassungsänderung im Hinblick auf Artikel 9 Grundgesetz zurückzuziehen. Die Gewerkschaften demonstrieren jetzt jeden Montag, und es laufen gegenwärtig 42 Unterschriftenaktionen gegen das Vorhaben. Und inhaltlich halte auch ich es für falsch, das Streikrecht abschaffen zu wollen.«

»Ich kenne Ihre Meinung. Aber ich bin da völlig anderer Ansicht. Diese Maßnahme ist ein Baustein, der unverzichtbar ist, wenn wir die nächsten Wahlen gewinnen wollen. Haben Sie vergessen, wie die Gewerkschaften letztes Jahr während der Reform zur Abschaffung des Mindestlohnes mit überzogenen Lohnforderungen das ganze Land lahmgelegt haben?«

Wegemann schüttelte seinen Kopf.

»Nein, das habe ich nicht vergessen. Es war eine logische Reaktion auf die Abschaffung des Mindestlohnes.

Die Demonstrationen und die Debatten tun uns nicht gut. Die nächsten Landtagswahlen werden wir durch die Bank verlieren. Der Wohlstand im Land steigt nur statistisch. Viele Menschen profitieren davon nicht.«

»Sie werden profitieren. Und zwar noch rechtzeitig vor der Bundestagswahl. Ich kenne die Modelle der Wirtschaftsweisen zu unserer Politik. Sie sollten darauf vertrauen. Wir müssen überzeugt sein davon, daß unsere Politik richtig ist, denn nur wenn wir von unseren Konzepten und unserer Politik überzeugt sind, können wir auch andere davon überzeugen. Das ist eine alte Politiker-Weisheit, die Ihnen auch geläufig sein sollte.«

Wegemann seufzte kurz.

»Wie Sie wünschen, Herr Bundeskanzler. Ich kann Ihnen nur sagen, daß ich es für einen Fehler halte. Und alleine bin ich damit ebenfalls nicht, denn auch Ökonomen raten davon ab.«

»Ja, linke Ökonomen. Alle seriösen Ökonomen halten diesen Schritt für überfällig.«

Wegemann zuckte kurz mit seinen Schultern.

»Naja, wie auch immer... ich wünsche Ihnen dann einen schönen Abend noch.«

Mei sah seinem Kanzleramtsminister nach, als dieser das Büro verließ. Schließlich nahm er seine Aktenmappe, verließ ebenfalls das Büro und schloß es hinter sich ab. Wäre Wegemann nicht ein so kluger Stratege und Taktiker, hätte Mei ihn längst ersetzt. Während er den Flur entlang ging, dachte er erneut über Wegemann nach, der ihm während seiner bisherigen Kanzlerschaft den Rücken frei gehalten hatte, und beschloß, ihn nicht zu ersetzen, so lange dessen Zweifel nicht in offenen Widerstand umschlugen.

Mei verließ das Kanzleramt und ging, begleitet von seinem Personenschützer, der sich ihm im Foyer angeschlossen hatte, die Straße entlang zur U-Bahn.

»Was meinen Sie denn?«

»Wie bitte?«, fragte der Personenschützer überrascht.

»Ich meine, zur Abschaffung des Streikrechts. Halten Sie das auch für einen Fehler?«

»Ich habe mir dazu keine Meinung gebildet«, antwortete der Personenschützer ausweichend, wie er es immer tat, wenn Mei ihn nach seiner Meinung fragte. »Ich bin Beamter und habe ohnehin kein Streikrecht.«

»Ja«, brummte Mei. »Eben.«

13.

In der Nacht zum Mittwoch hatte Robert kaum geschlafen. Tatjana hatte sich in dieser Woche freigenommen, um Robert beim Prozeß begleiten zu können.

Nach dem Frühstück telephonierte Robert mit Anwalt Calau und erzählte ihm von seiner Sorge. Der Anwalt zeigte sich etwas verunsichert und wollte zugleich nicht zugeben, daß er einige der Sorgen teilte. Zugleich versicherte er, daß alles vorbereitet sei, schnell reagieren zu können.

Und so zog sich der Tag für Robert endlos hin. Er ging ein wenig mit Tatjana spazieren, spielte mit den Katzen, die offenbar spürten, daß etwas in der Luft lagen und legte sich zwischendurch immer wieder ein wenig hin, weil er in der Nacht kaum geschlafen hatte. Im Verlauf des Tages schaute auch Sven vorbei und weitere Freunde sowie die Eltern von Robert und Tatjana und versuchten, Robert Mut zuzusprechen.

Am Rande der Sitzung des Rechtsausschusses sprachen einige Abgeordnete über den Fall Werries und das bevorstehende Urteil des Verwaltungsgerichts Berlin. Selbst bei konservativen Abgeordneten waren Zweifel zu spüren, ob das, was sich nunmehr abzeichnete, noch mit dem Rechtsstaat vereinbar war, was auf deutlichen Mißmut bei den rechtspopulistischen Abgeordneten stieß. Zwei von ihnen suchten anschließend den Justizminister Gobenhagen auf, der zugleich der Bundesvorsitzende der Rechtspopulistischen Partei war, und sprachen mit ihm darüber, daß offenbar innerhalb der konservativen Partei die Zweifel an der Todesstrafe durch den Fall Werries genährt wurden. Der Justizminister versprach, zu handeln, wenn es notwendig werden würde, um die Möglichkeit der Verhängung der Todesstrafe zu erhal ten.

Die folgende Nacht war für Robert unerträglich. Es war ihm trotz der Einnahme der Baldrianperlen nicht möglich, Schlaf zu finden, und auch Tatjana durchwachte die Nacht mit ihm gemeinsam. Morgens um vier fanden beide dann doch noch drei Stunden Schlaf, frühstückten und machten sich auf den Weg zum Gericht, wo sie auf Anwalt Calau und ihre Eltern trafen.

»Bereiten Sie sich seelisch lieber darauf vor, daß es heute noch nicht zu Ende ist«, sagte Calau. »Ich will Ihnen da keine falschen Hoffnungen machen.«

»Das habe ich schon längst«, erwiderte Robert. Sie gingen in den Gerichtssaal und ließen sich auf den Zuschauerplätzen nieder. Dabei stellten sie fest, daß es gut war, daß sie besonders früh gekommen waren, denn es waren bereits viele Journalisten im Saal, die die meisten Plätze bereits in Beschlag genommen hatten. Bis es losging, mußte Robert noch einige Fragen beantworten, denn es war den Journalisten diesmal nicht verborgen geblieben, wer der Urteilsverkündung ebenfalls beiwohnen würde.

Auch der Staatsanwalt war zur Urteilsverkündung erschienen. Richter Keller hatte zu dieser Zeit einen Termin. Hausmann nickte Robert kurz zu, bevor auch Bertel von der Vollstreckungsbehörde den Saal betrat. Schließlich betrat das Gericht den Saal. Die Zuschauer erhoben sich und die Richter nahmen ihre Barette ab. Das öffentliche Interesse schien dem Vorsitzenden Richter zu schmeicheln, denn er machte ein betont freundliches Gesicht, bevor er seine Brille aufsetze und die Papiere mit dem Urteil und der Begründung in die Hände nahm.

»Urteil im Namen des Volkes. Dem Widerspruch der Vollstreckungsbehörde gegen den Abbruch der Vollstreckung des Todesurteils gegen Werries, Robert, geboren am 21.01.1980, wird stattgegeben. Die Benachrichtigung über den Freispruch und somit der Aufhebung des Todesurteiles kam gemäß Paragraph 19 Absatz 3 des Gesetzes zur Vollstreckung der Todesstrafe zu spät und konnte die Vollstreckung nicht mehr hindern.«

Bertels war unter den Anwesenden praktisch der einzige, der angesichts des Urteils zufrieden nickte, während alle anderen empört und entsetzt reagierten. Robert sank in sich zusammen und Tatjana legte ihren linken Arm um ihn. Als sich die Unruhe gelegt hatte, begründete der Richter das Urteil im wesentlichen mit den Argumenten, die die Vollstreckungsbehörde vorgetragen hatte und schloß die Urteilsverkündung mit dem Hinweis, daß eine Revision nicht zugelassen werde. Anwalt Calau erklärte sein Bedauern über die Entscheidung und machte sich sofort auf den Weg, um die Unterlagen an das Verfassungsgericht zu übermitteln. Robert und Tatjana wehrten die Journalisten ab, die ihn zu dem Urteil befragen wollten und baten um Verständnis, daß sie sich nicht äußern wollten.

Bertel trat zu Hausmann heran.

»Ich erwarte von Ihnen, daß Sie jetzt sofort die Festnahme von Herrn Werries veranlassen, damit wir die Hinrichtung zügig durchführen können«, sagte er zufrieden.

»Was denn, jetzt sofort? Ohne schriftliches Urteil? Das werde ich nicht tun. Das wird auch kein Richter tun, wenn ein Staatsanwalt dies beantragen würde. Sie wissen ja wohl, daß eine Festnahme nur durch einen Richter angeordnet werden kann.«

»Es besteht aber angesichts des Urteils Fluchtgefahr.«

»Wohl kaum. Hätte er fliehen wollen, wäre dies längst geschehen. Außerdem ist der Rechtsweg noch nicht ausgeschöpft. Was stellen Sie sich denn da vor? Wollen Sie tatsächlich die Hinrichtung umgehend ausführen, bevor das schriftliche Urteil vorliegt? Das wäre wohl kaum vertretbar.«

»Wollen Sie die Strafe vereiteln?«

»Strafe ist ein gutes Stichwort«, erwiderte der Staatsanwalt. »Welche Strafe?«

»Welche Strafe?«

»Genau. Welche Strafe? Es ist keine Strafe gegen Herrn Werries ausgesprochen, auf die Sie sich berufen können.«

»Sie sind doch Organ der Rechtspflege. Deshalb sind Sie verpflichtet, das Urteil des Verwaltungsgerichts zu beachten.«

»Ja. Sobald es schriftlich vorliegt. Ich habe den dringenden Verdacht, daß es ihnen darum geht, die Hinrichtung schnell über die Bühne zu bringen, bevor das Verfassungsgericht Sie daran hindert. Was sind Sie nur für ein Mensch?«

Bertel öffnete den Mund und schloß ihn wieder. Hausmann nickte und ließ ihn im Gerichtssaal alleine stehen.

Anwalt Calau reichte die Unterlagen mit der Bitte für die Anordnung des einstweiligen Stops der Vollstreckung der Todesstrafe sowie die Klage gegen die Anordnung der Todesstrafe trotz erwiesener Unschuld Werries bei Gericht ein und verständigte Werries sofort, als er die Eingangsbestätigung erhielt. Über den Eilentscheid würde am nächsten Vormittag entschieden werden.

Das Gericht gab eine entsprechende Pressemitteilung zum Urteil und den Gründen heraus, und die Medien berichteten über den Fall. Mit einem Ausdruck der Pressemitteilung setzte sich der konservative Abgeordnete Tobias Norberg in den Zug in Richtung Karlsruhe, wo er auch seinen Wahlkreis hatte, und erreichte die Stadt am frühen Abend. Er stellte seinen Koffer zunächst zu Hause ab und machte sich auf den Weg zum Haus des Verfassungsrichters Klaus Peter

Wenger, den er seit seiner Jugend kannte. Noch bevor er das Haus erreichte, mußte er eine Polizeiabsperrung passieren, denn der Richter genoß Personenschutz. Norberg wurde jedoch durch die Absperrung gelassen, nachdem er seinen Abgeordnetenausweis vorgezeigt hatte. Als er an der Tür klingelte, öffnete Wengers Frau Charlotte, die ihm ebenfalls bekannt war.

»Das ist eine Überraschung«, sagte Charlotte. »Schön, daß du mal wieder vorbei schaust.«

»Ist Klaus auch zu Hause?«

»Ja«, brummte Klaus durch die offene Wohnzimmertür und betrat den Flur. »Kann mir schon denken, weswegen du hier bist. Gehen wir ins Arbeitszimmer.«

»Soll ich euch etwas zum Abendessen machen?«

Klaus sah Tobias an.

»Gerne, aber etwas später. Ich würde gerne erst einmal mir dir reden.«

Charlotte nickte und kehrte ins Wohnzimmer zurück, während Tobias und Klaus ins Arbeitszimmer gingen.

»Bist du hergekommen um meine Entscheidungen zu beeinflussen?«, fragte Klaus direkt.

»Nein. Natürlich nicht«, erwiderte Tobias. »Das heißt, eigentlich schon. Beeinflussen gewiß. Ich ähem... habe mich ein wenig mit der Sache befaßt, über die ihr morgen vor Gericht entscheidet.«

»Das dachte ich mir«, knurrte Klaus. »Du glaubst gar nicht, wie viele Leute das inzwischen getan haben. Und alle kommen zu mir und wollen mir erzählen, wie ich mich zu verhalten haben.«

»Das würde ich nicht nie tun. Wir kennen uns doch nun schon so lange. Wir haben gemeinsam studiert, waren zusammen bei den Jungen Konservativen, haben gemeinsam das Staatsexamen und unser Referendariat durchgestanden und waren gemeinsam am gleichen Gericht.«

Klaus winkte ab.

»Ach, wenn du schon so kommst...«

»Ich kenne dich doch. Was soll diese Gerede davon, daß das Verfassungsgericht nicht die Politik korrigieren darf?«

»Wir haben doch zusammen studiert. Du kennst doch wohl die Maxime der richterlichen Zurückhaltung?«

»Aber doch nicht in so einer zentralen Frage. Da hat das Verfassungsgericht schon bei anderen Rechtsgütern die Politik korrigiert.«

»Weißt du eigentlich, was unsere rechtspopulistischen Freunde von dieser Diskussion um die Todesstrafe und diesen Werries halten?«

»Meine Freunde sind es nicht«, sagte Tobias, »und ich hoffe, es sind auch nicht deine.«

»Du weißt, wie ich das meine.«

Beide Männer standen in der Mitte des Arbeitszimmers als stünden sie davor, einen Boxkampf zu beginnen. An den Wänden standen Schränke, deren Regalböden sich unter den zahllosen juristischen Büchern bogen. Neben einem Fenster stand ein Schreibtisch, der ebenfalls mit Gesetztestexten und Kommentaren übersät war. Tobias konnte auf den ersten Blick erkennen, daß Klaus sich bereits intensiv mit der morgen zu entscheidenden Frage der einstweiligen Anordnung befaßt hatte.

»Hast du mit der Parteiführung gesprochen bevor du zu mir gekommen bist?«, fragte Klaus ungeduldig.

»Vergiß die Parteiführung. Ich bin hier als einfacher Abgeordneter. Als Bürger mit einem persönlichen Anliegen.«

Klaus ging zum Schreibtisch herüber und setzte sich in den Drehsessel hinter den Schreibtisch. Tobias trat an den Schreibtisch heran.

»Setz dich schon«, sagte Klaus, und Tobias folgte seiner Aufforderung und ließ sich in dem Sessel neben dem Schreibtisch nieder.

»Ich habe mich heute auf der Fahrt mit dem Fall intensiv beschäftigt«, sagte Tobias. »Wie ich es drehe und wende – die Hinrichtung dieses armen Kerls wäre ein Unrecht. Ich kann nicht begreifen, wie das Verwaltungsgericht so entscheiden konnte, wie es entschieden hat.«

»Weißt du, was es bedeutet, wenn wir morgen dem Antrag auf einstweilige Anordnung der Aussetzung der Vollstreckung der Hinrichtung entsprechen? Es bedeutet, daß wir die Todesstrafe an sich aussetzen müßten, bis darüber in der Hauptsache entschieden wird. Die Argumentation ist doch so unterschiedlich nicht.«

»Ja, aber dann setzt ihr eben die Todesstrafe komplett aus. Mein Eindruck ist, daß in unserer Fraktion immer weniger Abgeordnete darüber traurig wären.«

Klaus sprang aus seinem Sessel und baute sich vor Tobias auf.

»Ja, ja, das sagst du« fuhr er Tobias an. »Seit jemand aus dem Gericht durchgestochen hat, daß ich mir über meine Position nicht sicher bin, kommen alle zu mir, die Gegner wie die Befürworter und wollen mir erzählen, was ich zu tun habe. Warum konnte dieser blöde Staatsanwalt nicht drei Minuten eher im Gefängnis anrufen? Warum konnte sich das Gericht nicht etwas schneller entscheiden? Wer badet das jetzt aus? Ich! Klaus Peter Wenger, der Fußabtreter der Nation! Niemand im Ersten Senat bekommt so viel Post wie ich! Niemand im Ersten Senat bekommt so viele Anrufe wie ich! Niemand im Ersten Senat bekommt so viele E-Mails wie ich! Auf niemandem aus dem Ersten Senat kommen so viele Leute zu wie auf mich und erzählen mir, was ich tun und zu lassen habe. Ha!«

Er machte eine kurze Bewegung und setzte sich wieder in seinen Drehsessel.

»Entschuldige bitte, Tobias, daß du das jetzt abbekommen hast«, sagte er dann wieder mit ruhiger Stimme. »Aber die letzten Wochen waren ausgesprochen anstrengend für mich.«

»Wozu sind Freunde da?«, frage Tobias mit einem leichten Lächeln. Wenger wußte, daß Tobias auch schon im Bundestag zu den wenigen Abgeordneten der Konservativen Partei gehörte, die gegen das Gesetz zur Einführung der Todesstrafe gestimmt hatten.

»Also?«, fragte Wenger.

»Ich will dir nicht sagen, was du tun und lassen sollst. Aber ich möchte einfach gerne mit dir darüber reden.«

»Ja, ja, reden wir. Reden wir über gute alte Zeiten an der Uni und über das, was aus uns geworden ist. Ich sage dir, ich habe einfach Angst, daß bei mir am Ende das Auto von den einen oder anderen radikalen Befürwortern oder Gegnern angezündet wird, daß bei mir der Molotow-Cocktail durchs Fenster fliegt. Hast Du den dunklen Wagen draußen gesehen? Weil ich schon Drohmails bekommen habe, habe ich seit drei Tagen Polizeischutz.«

»Ich habe auch Angst«, sagte Tobias. »Ich habe Angst, was aus diesem Staat wird, wenn sich alles weiter so hochschaukelt wie im Moment, und alle immer weniger bereit für Kompromisse sind. Und ich habe Sorge, den Menschen in nicht ganz zwei Jahren am Wahlkampfstand erklären zu müssen, warum wir es zugelassen haben, daß ein unschuldiger Mann für ein Verbrechen hängen mußte, das nicht nur jemand anderes begangen hat, sondern bei dem wir auch wußten wer es begangen hat.«

»Ich bin Richter am Verfassungsgericht, kein Politiker. Wenn ihr da in Berlin glaubt, daß wir jetzt einfach die Suppe auslöffeln, die ihr angerichtet habt, seid ihr nicht mehr zu retten! Die Richter, die auf den Tickets von Sozialdemokraten, Sozialisten und Grünen in den Senat gekommen sind, tun sich da natürlich leichter. Die beiden Nasen, die von den Rechtspopulisten ins Gericht geschickt wurden, wollten ihre Beschlüsse auch bei uns durchsetzen und machen Druck und Kuhlmann freut sich schon auf seine Pension und seine Emeritierung in eineinhalb Jahren. So ist die Lage bei uns!«

»Glaubst du, uns in Berlin fällt das alles leichter? Es hat sich gezeigt, daß die Koalition mit den Rechtspopulisten ein Fehler war und daß die Zugeständnisse, jedes einzelne Zugeständnis auch ein Fehler war. Sicher, wir haben unsere Vorhaben weitgehend umsetzen können, aber der Preis beginnt allmählich zu steigen. Nicht nur mir liegt diese Geschichte mit der Todesstrafe schwer im Magen. Ich bin in der letzten Zeit auch immer wieder angesprochen worden, und ich kann den Leuten einfach nicht erklären wieso jemand hingerichtet werden soll, der erwiesenermaßen unschuldig ist, nur weil die Mitteilung zwei Minuten zu spät eintraf, wobei über das Zu-Spät wir entschieden haben.«

Klaus nickte zustimmend.

»Ihr habt entschieden und es ist an uns, die Kohlen aus dem Feuer zu holen und uns gegebenenfalls die Finger daran zu verbrennen.«

»Es bleibt unter uns«, sagte Tobias eindringlich. »Wie ist deine Position?«

»Zu was? Zur Todesstrafe oder zu dieser Regelung, gegen die Werries' Anwalt jetzt vorgeht?«

»Zu beidem. Beides gehört doch eigentlich zusammen.«

Klaus sah Tobias prüfend an.

»Unter uns Freunden – das entscheide ich erst morgen abschließend im Kollegium. Ich bin mir wirklich nicht sicher. Aber ich danke dir, daß ich meinen Frust ein wenig bei dir abladen konnte. Ich habe es wirklich nicht böse gemeint.«

»Das weiß ich doch. Und ich verstehe dich auch. Wir müssen uns aber dennoch jetzt entscheiden. Ich bin mir noch gar nicht mal so sicher, daß diese Koalition platzt, wenn ihr die Todesstrafe verwerft.«

»Meinst du? Die Rechten jammern doch jetzt schon herum, daß die Konservativen ihre Vorhaben durchsetzen und daß ihre Vorhaben ständig an irgendwelchen Hindernissen scheitern, so wie die Reform des Zuwanderungsgesetzes an der Europäischen Union. Die Todesstrafe ist doch deren letztes Gesetz, das sie in Reinform durchgebracht haben. Aber das ist ja nicht unsere Sache. Wir wenden die Verfassung an. Mehr Antwort auf deine Frage kann ich dir leider nicht geben.«

Tobias nickte zufrieden.

»Das ist schon mehr Antwort, als ich von dir erwarten konnte. Gehen wir rüber ins Wohnzimmer. Charlotte wird sich schon wundern, was wir hier ausbrüten.«

Klaus nickte kurz und verließ mit Tobias das Arbeitszimmer.

An diesem Abend nahm Robert eine Baldrianperle mehr zur Nacht. Er hatte das Gefühl, daß er bis zur Verhandlung vor dem Verfassungsgericht keinen Schlaf mehr finden würde.

»Ich glaube, am Ende werden sie mich doch hinrichten«, sagte Robert resigniert.

»Nein, das dürfen sie nicht«, erwiderte Tatjana. »Ohne dich kann ich doch nicht leben.«

Robert nahm Tatjana in die Arme.

»Und ich auch nicht ohne dich. Sicher hätte ich mich vor zwei Monaten auch nicht aufhängen können, aber in dem Moment...«

»Sprechen wir nicht mehr darüber. Du mußt versuchen, zu schlafen. Vielleicht sieht morgen alles schon wieder aus.«

Robert nickte kurz, legte sich ins Bett und schloß die Augen. Murkel sprang noch zu ihm aufs Bett, ließ sich eine Zeitlang kraulen und kehrte dann in sein Körbchen zurück.

Und dann kamen sie doch. Gegen 23 Uhr klingelte die Polizei an der Tür und forderte Robert auf, sich anzuziehen und mitzukommen. Sie zeigten einen Haftbefehl von einem Staatsanwalt vor, dessen Namen Robert nicht kannte. Er und Tatjana zogen sich eilig an und wurden von der Polizei zu dem Gefängnis gebracht, in dem Robert schon einmal auf seine Hinrichtung gewartet hatte. Auf dem Weg versuchte Tatjana über ihr Handy den Anwalt zu erreichen, aber es war natürlich niemand mehr im Büro.

Die Polizisten brachten Robert zum Büro des Henkers, wo dieser bereits hinter seinem Schreibtisch saß und ein Formular ausfüllte.

»Die Hinrichtung ist auf Mitternacht festgesetzt«, sagte Sieler. »Das ist doch eine geradezu literarische Zeit. Im Schein des Vollmondes werden Sie hängen!«

»Was sind Sie nur für ein Mensch?«, fauchte Tatjana.

»Sie sollten sich lieber von Ihrem Mann verabschieden, denn mit zum Galgen können Sie nicht kommen.«

Robert wurde blaß.

»Das kann nicht ihr ernst sein! Ich habe doch vor dem Verfassungsgericht geklagt.«

»Es liegt nichts vor«, sagte Sieler. »Und diesmal werde ich mir von niemanden in Ihre Hinrichtung pfuschen lassen.«

Die beiden Polizisten, die Robert bislang ebenfalls noch nie gesehen hatten, standen anteilnahmslos im Raum.

»Ich lasse Sie jetzt beide für fünf Minuten alleine«, verkündete Sieler. »Verabschieden Sie sich voneinander.«

»Und ich darf mich nicht auch von meiner Mutter und meinem Schwiegervater verabschieden?«

»Und von Ihren Freunden, von Ihrem Anwalt? Nein, dazu hatten sie in den letzten Monaten genug Zeit.«

Sieler verließ mit den Polizisten das Büro.

»Das darf nicht wahr sein!«, rief Tatjana aus. »Das ist

illegal!«

»Uns hilft jetzt aber niemand mehr«, sagte Robert.
Tatjana nahm den Hörer des Telephons im Büro ab,
aber die Leitung war tot. Tränen stiegen in ihre Augen, als sie Robert umarmte und er sie. Auch Robert
konnte seine Tränen nicht mehr unterdrücken.

»Ich hätte nie geglaubt...«, flüsterte Tatjana, »daß
dieser Staat so ungerecht sein kann. Du wirst immer
bei mir sein.«

»Ja«, erwiderte Robert. »Das werde ich.«

Sie küßten sich ein letztes Mal, als der Henker wieder
hereinkam und die Polizisten Robert unsanft aus dem
Zimmer zerrten, während der Henker verhinderte,
daß Tatjana ihnen folgte. Er drängte sie in das Büro
zurück und schloß die Tür ab.

Die Polizisten führten Robert durch die sterilen weiß-
gestrichenen Gänge zum Hof des Gefängnisses, in dem
der Galgen in die Nacht ragte. Dort führten sie ihn die
Treppen hinauf und der Henker legte ihm den Strick
um den Hals. Robert sah sich um. Sollte das gehässige
Gesicht des Henkers wirklich das letzte sein, was er in
seinem Leben sah?

»Tatjana!«, rief Robert noch einmal aus. Der Henker
drückte mit einem zufriedenen Lächeln auf den Kopf,
der die Luke unter Roberts Füßen öffnete. Er stürzte
hinab, spürte aber keinen Ruck.

»Tatjana!«

Seine Stimme erstickte. Dann wurde es hell.

»Robert!«

Das war Tatjanas Stimme. Aber woher sollte sie kommen? Wie sollte er sie hören nach dem Tod?

»Robert!«

Jemand rüttelte an ihm. Robert öffnete seine Augen
und sah in Tatjanas Gesicht.

»Du?«, fragte er. »Wie...«

Seine Augen gewöhnten sich an das Licht und er fand
sich im Bett seines Schlafzimmers wieder.

»Du hast geträumt«, sagte Tatjana. »Und du hast mich gerufen.«

»Ich habe geträumt... daß sie mich hinrichten.«

Tatjana nahm Robert in ihre Arme.

»Es war ein Alptraum, und der ist jetzt vorbei«, sagte sie.

»Ich wünschte, es wäre so«, sagte Robert. Sie standen auf und gingen ein wenig ins Wohnzimmer, wo sie den Fernseher einschalteten und durch die Programme nach Nachrichten blätterten. Doch dort erfuhren sie keine Neuigkeiten, was Robert so kurz nach Mitternacht auch nicht erwartet hätte.

»Ich glaube, ich habe jetzt sogar Angst davor, zu schlafen«, sagte er. »Der Traum war so real...«

»Du kannst aber nicht bis zur Entscheidung des Verfassungsgerichtes wach bleiben«, erwiderte Tatjana.

»Ich habe das grinsende Gesicht dieses Henkers gesehen. Der kann es jetzt sicher nicht erwarten, mich aufzuhängen.«

»Den Gefallen werden wir ihm nicht tun. Ich glaube fest daran, daß wir morgen gute Nachrichten bekommen.«

»Ja, ich hoffe es auch, aber glauben ist momentan noch etwas viel verlangt...«

14.

Am darauffolgenden Morgen um 9 Uhr begannen in Karlsruhe im Ersten Senat die Beratungen über den Eilantrag von Roberts Anwalt Calau. Verfassungsrichter Martin Grothe stellte als Berichterstatter den Antrag vor und erläuterte die Sachlage, die ohnehin allen im Gericht bekannt war. Seit der Prozeß vor dem Verwaltungsgericht anberaumt worden war, war er auch immer wieder unter den Verfassungsrichtern besprochen worden.

»Aus meiner Sicht wäre dem Eilantrag stattzugeben«, sagte Nadine Weiher, die von den Sozialisten für das Gericht vorgeschlagen und kurz vor der Regierungsübernahme der gegenwärtigen Koalition vom Richterwahlausschuß mit knapper Mehrheit ins Verfassungsgericht gewählt worden war.

»Ohne ein schriftliches Urteil?«, fragte Verfassungsrichter Deberg, der seine Anwesenheit im Ersten Senat einem Vorschlag der Rechtspopulisten zu verdanken hat.

»Das schriftliche Urteil wird am Sachverhalt nichts ändern, und der Anwalt hat in seinem Schreiben mitgeteilt, daß der Eingang des Urteils trotz Rechtsschutzbedürfnisses seines Mandanten zu einer schnellen Vollstreckung führen könnte«, sagte Claudia Grefe, eine von den Sozialdemokraten vorgeschlagene Richterin.

»Wir sind keine Superrevisionsinstanz«, erwiderte Deberg gereizt. »Meiner Meinung nach würde die Hinrichtung dieses Mannes nach Recht und Gesetz erfolgen.«

»Das kann man aber auch anders sehen«, sagte Martin Grothe, der ebenfalls von den Sozialdemokraten für das Verfassungsgericht vorgeschlagen und in den Ersten Senat gewählt worden war. »Das ist allerdings nicht die Frage, mit der wir uns heute beschäftigen.

Das wäre Sache der Entscheidung in der Hauptsache. Heute haben wir nur über den Eilantrag zu befinden.«

»Stoppen wir die Hinrichtung, wäre das eine Vorentscheidung«, monierte der andere Verfassungsrichter, der auf Vorschlag der Rechtspopulisten gewählt wurde, Emdinger.

»Das wäre es nicht. Wir müssen jetzt erst einmal die Hinrichtung stoppen. Denn wenn wir es nicht tun, könnte es sein, daß der Mann nichts mehr davon hat, wenn wir am Ende entscheiden, daß der Passus im Gesetz verfassungswidrig ist, weil er dann nämlich bereits hingerichtet wurde«, gab Grefe zu bedenken, und die Verfassungsrichter Grothe, Becker und Weiher nickten zustimmend.

»Aber diese Entscheidung wirft weitere Fragen auf«, sagte Prof. Kuhlmann. »Können wir tatsächlich die Hinrichtung dieses Mannes jetzt aufhalten, ohne generell die Todesstrafe zu stoppen?«

»Gute Frage«, meinte Grothe. »Ich bin ohnehin der Meinung, daß es jetzt endlich an der Zeit ist, die Todesstrafe bis zur Entscheidung auszusetzen. Es sind schon zu viele Menschen hingerichtet worden, und wir wissen nicht, ob da auch Unschuldige dabei waren, die nicht das Glück hatten, daß sich ihre Unschuld vor der Hinrichtung erwies.«

»Es ist jetzt einfach an der Zeit, in dieser Frage ein Zeichen zu setzen«, sagte Weiher. »In der Bevölkerung wird längst über die Todesstrafe diskutiert und die Umfragen zeigen, daß eine Mehrheit sie ablehnt.«

»Wollen sie denn neuerdings Urteile an Meinungsumfragen ausrichten?«, blaffte Deberg.

»Nein, an der Verfassung. Und es gibt viele Argumente, die für die Verfassungswidrigkeit der Todesstrafe sprechen.«

»Artikel 102 Grundgesetz wurde gestrichen.«

»Bitte«, sagte Grothe. »Über die inhaltlichen Argumente für und gegen die Todesstrafe ist zu befinden, wenn wir die mündliche Verhandlung durchgeführt haben. Jetzt geht es nur um den Aufschub.«

»Ich bin dafür, daß wir die Todesstrafe komplett aussetzen«, sagte Weiher. »Und diesen Antrag möchte ich jetzt auch stellen. Wenn wir die Todesstrafe nicht aussetzen, sterben noch mehr Menschen, die vielleicht unschuldig sind.«

»Ich bin dagegen«, sagte Deberg.

»Wollen Sie die Todesstrafe jetzt generell aussetzen oder nur bezüglich der Hinrichtung von Herrn Werries?«

»Grundsätzlich. Sollte das hier keine Mehrheit finden, würde ich den Antrag auf Herrn Werries beschränken.«

»Ich lehne sowohl das eine wie auch das andere ab!«, verkündete Deberg unter beifälligem Nicken von Kuhlmann.

»Wir stimmen ab«, sagte Grothe. »Anders werden wir nicht zu einer Entscheidung kommen. Wer für den Antrag ist, daß die Todesstrafe bis zur Entscheidung im Hauptsacheverfahren ausgesetzt, mithin nicht vollstreckt werden darf, hebe jetzt bitte die Hand.«

Grothe, Becker Weiher und Grefe haben ihren rechte Hand. Als Deberg sich anschickte, ein triumphierendes Gesicht machen zu wollen, hob auch Wenger zögerlich seine Hand. Deberg entglitten seine Gesichtszüge.

»Das ist ein ganz eindeutiger Fall von Verrat!«, rief er fassungslos.

»Verrat?«, fragte Wenger. »Wir sind unabhängige Richter. Das einzige, was wir hier verraten könnten, ist unser Gewissen.«

Um keine Diskussion über die Abstimmung aufkommen zu lassen, stellte Grothe fest, daß der Senat die Aussetzung der Todesstrafe bis zur Entscheidung in der Hauptsache beschlossen hatte und sich somit eine separate Abstimmung über die Frage, ob Robert Werries' Hinrichtung aufgeschoben werden solle, sich damit erübrige, weil diese ebenfalls durch den Beschluß erfaßt werde. Nachdem Grothe dafür gesorgt hatte, daß dieser Beschluß der Öffentlichkeit mitgeteilt wurde, befaßten sich die Richter mit weiteren Themen.

Bei den Gegnern der Todesstrafe löste die Mitteilung des Gerichts Begeisterung und die Hoffnung aus, daß dies auch eine Vorwegnahme des endgültigen Urteils des Verfassungsgerichts sei. In der Vollstreckungsbehörde reagierte Bertel enttäuscht und sein Stellvertreter Marks mit Zufriedenheit. Anwalt Calau informierte umgehend Robert und Tatjana über diese Entscheidung, und auch bei der Staatsanwaltschaft und bei Richter Keller herrschte Freude über das Urteil.

Am Abend kam Sven zu Robert und Tatjana zu Besuch um Robert zu gratulieren.

»Aber noch ist nicht alles vorbei«, erwiderte Robert, gleichwohl sichtlich erleichtert über die Entscheidung des Gerichts. »Das Hauptsacheverfahren kommt noch.«

»Das Hauptsacheverfahren für heute abend ist ein anderes«, verkündete Sven und mühte sich, nicht wie ein Weihnachtsmann vor der Bescherung zu wirken.

»Und zwar?«, fragte Tatjana.

»Ich habe heute mal ein wenig das Echo auf die Verhandlung vor dem Verwaltungsgericht durchgeschaut. Dabei habe ich festgestellt, daß besonderes die linken, linksliberalen und liberalen Zeitung bei der Berichterstattung vor allem über die Ausführungen von Richter Keller geschrieben haben und weniger über die Gegenseite. Bei den konservativen Zeitungen überwog immer noch die Argumentation Kellers. Nur die Rechtspopulisten stellten das Urteil heraus.

In den letzten Wochen gab es drei Umfragen zu dem Thema. Dabei hat jedes Mal eine deutliche Mehrheit der Befragten, nämlich jeweils kanpp oder über 70% gesagt, daß du nicht hingerichtet werden sollst.

Bei den sozialen Medien ist die Reaktion unübersichtlich. Da hatte ich jetzt leider nicht so die Zeit und die Technik, da tiefergehend nachzuschauen.«

»Ich danke dir.«

»Das Schönste kommt noch«, sagte Sven und setzte nun doch ein Gesicht wie zur Bescherung auf. »Ich habe einen Ruf an die politische Fakultät der Rheinisch-Westfälische Technische Hochschule Aachen samt zwei durch mich zu besetzende neue Stellen erhalten, eine davon zur Habilitation. Da dachte ich mir, sofern dir diese Ortsveränderung recht ist, daß ich dich mit nach Aachen nehme. Es wäre eine sichere Stelle, die ich nach Rücksprache mit der RWTH zusagen könnte.«

Tatjana strahlte über das ganze Gesicht und auch bei Robert war seit langem zum ersten Mal echte Freude festzustellen.

»Ja, das wäre eine schöne Sache«, sagte Robert. »Aber Tatjana, du müßtest dir dann eine neue Stelle suchen.«

»Ach, das wird schon klappen«, sagte sie. »Ich bin dafür, daß wir das tun. Und ich bin sicher, daß du dich in Aachen auch leichter von diesem Alptraum erholen kannst.«

Sven nickte zustimmend.

»Auch das war mein Gedanke«, sagte er. Robert zeigte ein leichtes Lächeln. Die Perspektive, weiterhin an der Universität wissenschaftlich arbeiten zu können, reizte ihn deutlich mehr als die politische Arbeit in einer Partei. Ja, überlegte Robert, heute war ein echter Glückstag für ihn.

»Ich finde es nicht vermessen, wenn wir das heute ein wenig feiern«, sagte Sven. »Ich bin selbst auch wirklich froh, nicht noch bis Prof. Enzers Emeritierung warten zu müssen, bis ich ihn los werde. Habilitiert bin ich ja schon, jetzt trete ich meine erste Professur an und du wirst bald folgen.«

»Ich danke dir, Sven. Du bist ein echter Freund«, sagte Robert erleichtert.

»Ach, du hast mir in der Vergangenheit auch schon viel geholfen, gerade während meiner Habilitation. Da ist es doch nur gerade angesichts dessen, was du in der letzten Zeit durchgemacht hast, angemessen, daß ich mich jetzt auch revanchiere. Es wird uns allen gut tun, das hier hinter uns zu lassen und in Aachen ein neues Leben zu beginnen.«

Tatjana nickte fröhlich und umarmte erst Robert und dann Sven.

»Ich glaube, heute beginnt wirklich und endlich ein neues Leben«, sagte sie dann. In dem Moment wurde Robert nachdenklich.

»Aber das hängt jetzt auch vom Urteil des Verfassungsgerichts ab.«

»Sicher«, meinte Sven. »Aber nach der Entscheidung heute, mit der sich das Gericht ja offenbar wirklich nicht leicht getan hat, dürfte die Perspektive lauten, daß auch das Urteil in diese Richtung geht.«

Genau dies fürchteten auch die Rechtspopulisten. In einer eilig anberaumten Vorstandsitzung erklärte der Vorsitzende Werner Gobenhagen, der zugleich Justizminister in der Regierung Mei war, daß nun alle Kräfte aktiviert werden müßten, um den Bestand der Todesstrafe gegen die Kritiker zu verteidigen. Würden hier nun auch Zugeständnisse gemacht oder die Todesstrafe gar abgeschafft, verblieben von den Wahlversprechen nur das aus Sicht der Partei verstümmelte Einwanderungs- und Rückführungsgesetz sowie die Beschränkungen bei der doppelten Staatsbürgerschaft, die ebenfalls bescheidener ausfielen, als es die Partei eigentlich gewollte hatten. Der Vorstand beschloß, im Falle der Rücknahme der Todesstrafe die weiteren zentralen Vorhabend des konservativen Koalitionspartners zu verhindern, denn schon die bisherigen seien ohne Abstriche durchgesetzt worden. Hierin sah der Vorstand der Partei eine Gefahr für kommende Wahlkämpfe, in der das Bild der erfolgreichen Konservativen gegen die immer wieder mit ihren Vorhaben zumindest teilweise gescheiterten Rechtspopulisten stehen würde.

Verschiedene Mitglieder des Vorstandes berichteten in der turbulenten Sitzung über zahlreiche Zuschriften der Mitglieder, die sich enttäuscht bis empört und wütend über das Erscheinungsbild der Partei in der Koalition äußerten. So, befand der Vorstand einstimmig, könne es nicht weitergehen. Immerhin hätten die Rechtspopulisten bei der letzten Bundestagswahl nur drei Prozentpunkte weniger als die Konservativen erhalten, während letztere deutlich mehr von ihm Wahlprogramm in der Koalition umsetzen konnte. Und nun, so die einhellige Meinung, fielen auch noch die konservativen Verfassungsrichter im Ersten Senat um und stießen dem Koalitionspartner den Dolch in den Rücken!

So ergab sich erst am darauffolgenden Donnerstag die Gelegenheit für Gobenhagen, bei der Bundestagssitzung, die ein wirtschaftspolitisches Thema hatte, was zur Anwesenheit des Bundeskanzlers auf der Regierungsbank führte, neben diesem Platz zu nehmen, zumal der Vizekanzler und Innenminister an dem Tag einen auswärtigen Termin hatte.

Während der Rede des Oppositionsführers der Ökologischen Partei beugte sich Gobenhagen zu Mei herüber.

»Sie haben doch sicher mitbekommen, was sich gestern beim Bundesverfassungsgericht abgespielt hat«, sagte Gobenhagen.

»Ja«, erwiderte Mei. »Und?«

»Sie sollten dafür sorgen, daß Ihre Leute nicht von der Fahne gehen. Bei uns werden die Mitglieder langsam ungeduldig.«

»Die Richter sind ihren Entscheidungen unabhängig. Was erwarten Sie eigentlich?«

»Daß Sie ihren Richtern klarmachen, welche politischen Folgen es haben wird, wenn sie die Todesstrafe als verfassungswidrig abschaffen.«

»Die Richter sind unabhängig«, wiederholte Mei mit ungeduldiger Stimme. »Es ist auch wichtig im Hinblick auf ausländische Investoren, daß unsere Justiz jeden Eindruck vermeidet, nach politischen Rücksichtnahmen zu entscheiden.«

»So? Dann werde ich Ihnen jetzt mal etwas sagen: wenn die Todesstrafe jetzt auch noch fällt, dann können Sie die Privatisierung der Renten und die dritte Stufe der Steuerreform vergessen! Dann bleibt in der Öffentlichkeit nur noch übrig, daß Sie den Unternehmen die Steuern zweimal gesenkt haben, den Bürgern aber nicht!«

»Diese Sorge sollten sich lieber Sie machen, wenn Sie das jetzt blockieren wollen.«

Einige Abgeordnete wurde auf die gedämpft geführte Diskussion zwischen Kanzler und Justizminister aufmerksam, so daß Mei eine dämpfende Handbewegung machte.

»Wir haben alle Ihre Projekte unterstützt, jetzt unterstützen Sie einmal eines unserer Projekte«, sagte Gobenhagen.

»Wir haben alle ihre Projekte mit verabschiedet«, entgegnete Kanzler Mei. »Was können wir denn dafür, wenn Sie sich lauter Dinge vornehmen, die mit der Verfassung und dem europäischen Recht nicht vereinbar sind?«

»Unsere Leute haben genug davon. Diesmal stellen Sie sich voll auf unsere Seite oder es gibt keine weiteren neuen Gesetze. Sie sind ebenso auf uns angewiesen wie wir auf Sie!«

Mei seufzte, denn im Grunde wußte er, daß Gobenhagen recht hatte.

»Denken Sie aber auch bitte daran, daß wir gemeinsam die Wehrpflicht wieder eingeführt haben. Das war auch eine Ihrer zentralen Forderungen«, sagte Mei.

»Das war ja wohl unsere gemeinsame Forderung. Ich kenne einige Ihrer Abgeordneten, die noch stärkere Verfechter der Wehrpflicht waren als unsere.«

»Es stand in Ihrem Wahlprogramm. In unserem Programm wurde diese Forderung nicht erhoben.«

»Lenken Sie nicht ab«, sagte Gobenhagen. »Sorgen Sie dafür, daß Ihre Richter bei der Verhandlung über die Todesstrafe auf Linie bleiben. Von mir aus sollen sie sich enthalten und ein Sondervotum schreiben, so lange ist alles gut. Aber wenn sie zustimmen, setzten Sie diese Koalition aufs Spiel, und das würde ich mir bei Ihren gegenwärtigen Umfragewerten gut überlegen.«

»Ich lasse mich nicht von Ihnen erpressen! Wir haben alles beschlossen, was wir vereinbart haben, also halten Sie sich auch an den Koalitionsvertrag.«

»Sie werden es ja sehen«, sage Gobenhagen verärgert und verließ die Regierungsbank, was unter den Abgeordneten der Opposition zu einzelner Heiterkeit führte. Mei wandte sich wieder dem Rednerpult zu ohne dem Oppositionssprecher zuzuhören. Statt dessen ärgerte er sich über den Justizminister und den Umstand, daß er hinsichtlich der Abhängigkeit der Konservativen von den Rechtspopulisten nicht so unrecht hatte. Aber eine andere Konstellation war nicht in Sicht, denn eine solche hätte allenfalls in einer Zusammenarbeit mit Ökologischer und Sozialdemokratischer Partei bestanden, wozu beide nicht bereit waren. Insbesondere die Sozialdemokraten hatten nach zahlreichen großen Koalitionen einen neuen, linkeren Kurs eingeschlagen, der sich in Umfragen allmählich auszuzahlen begann. Die Ökologische Partei forderte indes radikalere Maßnahmen gegen den Klimawandel, die aus Meis Sicht der Wirtschaft zu sehr schaden würden, so daß auch diese Alternative entfiele. So gab es also gegenwärtig zu den Rechtspopulisten keine greifbare Alternative.

Mei gab dem Fraktionsvorsitzenden der Konservativen ein Zeichen, woraufhin dieser zu ihm an die Regierungsbank kam.

»Die Rechten machen mal wieder Ärger wegen dieser Geschichte mit der Todesstrafe«, sagte Mei gedämpft zum Fraktionsvorsitzenden. »Wann ist doch gleich diese Verhandlung in der Hauptsache?«

»Anfang Juni, wenn ich nicht irre.«

»Direkt vor der Sommerpause. Ist mit dem Urteil auch vor der Sommerpause zu rechnen?«

»Wohl kaum. Das wird vermutlich erst im Herbst kommen.«

»Also gut ein Jahr vor der nächsten Bundestagwahl. Hm. Haben wir einen Abgeordneten, der einen guten Draht zu Verfassungsrichter Wenger hat?«

»Ja«, erwiderte der Fraktionsvorsitzende, »Tobias Norberg. Er hat sogar mit Wenger gemeinsam studiert.«

»Ich würde ihn gerne mal sprechen. Wo ist er?«

»Er ist seit gestern mittag in Karlsruhe.«

Mei nickte.

»Ach so. Verstehe.«

15.

Gut eine Woche später stand im Bundesrat ein für Bundeskanzler Mei wichtiges Gesetz zu Abstimmung. Mit diesem Gesetz sollten von Art. 9 die Absätze zwei und drei gestrichen werden, was zur Folge haben würde, daß Streiks verboten werden könnten. Genau dies war die Absicht des Bundeskanzlers, der damit ein Versprechen erfüllen wollte, daß er im Wahlkampf den Arbeitgeberverbänden gegeben hatte.

Dies stieß auf den erbitten Widerstand von Sozialdemokraten, Sozialisten und Ökologen, die jedoch weder im Bundestag noch im Bundesrat die Möglichkeit hatten, die Grundgesetzänderung zu verhindern. Die Regierungen aus Konservativen, Liberalen und Rechtspopulisten verfügten genau über die Mindestanzahl von Stimmen im Bundesrat, die für eine Grundgesetzänderung notwendig war. Bis zur nächsten Landtagswahl, die daran etwas ändern könnte, wollte der Bundeskanzler alle Projekte durchsetzen, die einer Änderung der Verfassung bedurften.

Vor der Bannmeile des Gebäudes des Bundesrates demonstrierten Gewerkschafter, Sozialisten, Sozialdemokraten und zivilgesellschaftliche Gruppen gegen die Grundgesetzänderung. Die Popularität der Regierung hatte auch durch dieses Vorhaben erheblich abgenommen, aber Bundeskanzler Mei setzte auf sein Gesamtkonzept. Er war überzeugt, daß es ihn bei der nächsten Bundestagswahl zu einem Wahlsieg führen und vielleicht sogar ermöglichen würde, nicht länger mit den Rechtspopulisten sondern mit seinem Wunschpartner, nämlich den Liberalen eine Regierung bilden zu können.

Neben den Landesregierungen waren auch Bundeskanzler Mei und Justizminister Gobenhagen anwesend. Mei hatte sich zum Ende der Aussprache über die Grundgesetzänderung auf die Rednerlisten setzen lassen, um sein Vorhaben nach der absehbaren Kritik von sozialistischen und sozialdemokratischen Regierungen zu verteidigen. Sozialisten, Sozialdemokraten und Ökologen stellten gerade einmal in sechs Bundesländern die Regierung, ohne daß die Konservativen daran beteiligt wären. Alle anderen Länder wurden von Konservativen entweder mit Liberalen oder Rechtspopulisten oder eben von Rechtspopulisten mit Konservativen regiert. In Sachsen stellten die Rechtspopulisten die Regierung alleine. In Sachsen-Anhalt und Thüringen stellten sie den Ministerpräsidenten in einer Regierung mit der Konservativen Partei Meis.

Nachdem der Regierende Bürgermeister von Berlin, ein Sozialdemokrat, gesprochen hatte, trat der Brandenburgische Ministerpräsident Klaus Sander an das Mikrophon und setzte sich mit der geplanten Grundgesetzänderung auseinander.

»Über Jahre, Herr Bundeskanzler, haben die Mitglieder Ihrer Partei unserer Partei vorgeworfen, die verfassungsrechtliche Ordnung abzulehnen. Das war falsch. Nun aber sorgen Sie für eine verfassungsrechtliche Ordnung, die wir tatsächlich ablehnen. Sie sorgen für eine verfassungsrechtliche Ordnung, die Demokraten ablehnen müssen.

Das Recht zu streiken, Herr Bundeskanzler, ist ein Stück gelebte Demokratie. Es ermöglicht den abhängig Beschäftigten, Druck auszuüben und Einfluß auf ihre Geschicke, insbesondere auf ihre Arbeitsbedingungen und den Lohn zu nehmen. Die Mütter und Väter des Grundgesetzes hatten das Streikrecht wohlüberlegt in die Verfassung geschrieben. Sie wollten verhindern, daß Regierungen wie die Ihre das tun, was Sie nun vorhaben.

Sie und Ihre Gehilfen von der Rechtspopulistischen Partei haben das Grundgesetz bereits an anderen Stellen beschädigt, und Sie planen vor der nächsten

Landtagswahl, bei der Ihnen vermutlich die Möglichkeit zur Verfassungsänderung abhanden kommen wird, noch weitere Beschädigungen der Verfassung. Sie und Ihre Helfershelfer bedienen damit die Forderungen, die die Unternehmen und ihre Verbände an die Regierung herangetragen haben. Das mag bei den Rechtspopulisten nicht weiter verwundern, haben sie doch in den letzten Jahren, bevor Sie die Offenlegungspflicht abgeschafft haben, viel Geld von der Unternehmenswirtschaft erhalten. Auch Ihre Partei, Herr Bundeskanzler, wurde reichlich beschenkt. Aber es gab auch eine Zeit, in der die Konservativen ein Bewußtsein dafür hatten, daß auch andere Teile der Bevölkerung berechtigte Interessen haben, und die eben nicht glaubten, die Vollstreckungsgehilfen der Wirtschaft zu sein.

Herr Bundeskanzler, wie bereits betont beschädigen Sie die Demokratie mit Ihrem Vorhaben. Sie haben jetzt noch die Möglichkeit, davon Abstand zu nehmen. Sorgen Sie dafür, daß wenigstens die von Ihrer Partei geführten Regierungen dieses Vorhaben nun doch ablehnen.«

Nach weiteren Reden begab sich der Bundeskanzler an das Mikrophon und begann seine Rede. Der Regierende Bürgermeister von Berlin beugte sich zu dem Ministerpräsidenten von Brandenburg herüber.

»Ich rechne nicht damit, daß Ihr Appell Gehör findet. Und ich glaube nicht, daß wir in absehbarer Zeit jemals eine Mehrheit in Bundestag und Bundesrat finden werden, die die Schäden dieser Regierung wieder rückgängig machen kann, soweit dies nicht vor dem Verfassungsgericht möglich ist.«

»Ich teile Ihren Pessimismus, was diese Sache angeht. Aber bezüglich der Todesstrafe hört man doch das eine oder andere Erfreuliche aus Karlsruhe. Die Verhandlung hat uns sehr genützt.«

»Ja«, seufzte der Regierende Bürgermeister, »wenigstens etwas.«

»Sie reden von Demokratie?«, rief Mei inzwischen vom Rednerpult den Landesregierungen zu. »Ich rede von Mißbrauch! Der Mißbrauch des Streikrechts in den letzten Jahren, die Wirtschaft in erheblichen Teilen lahmzulegen und große Schäden für die Unternehmen anzurichten, und dies allein um die Partikularinteressen der Gewerkschaftsbonzen zu bedienen.«

»Pfui«, brummte der Erste Bürgermeister Hamburgs von den Sozialdemokraten und stand auf. »Das kann man sich ja nicht anhören. Man möchte meinen, der glaubt, er sei auf einer Unternehmertagung. Ich komme zur Abstimmung wieder.«

»Gehen Sie nicht zu weit weg«, sagte der Innensenator aus Bremen, dessen Senatspräsident die Sitzung des Bundesrates leitete. »Ich glaube, er ist bald fertig.«

Mit widerwilligem Gesichtsausdruck setzte sich der Erste Bürgermeister wieder auf seinen Platz und bemühte sich, der Rede Meis nicht weiter zuzuhören, die dann auch tatsächlich drei Minuten später endete.

Der Bundesratspräsident, Bremischer Senatspräsident und Sozialdemokrat, schloß die Aussprache.

»Weitere Wortmeldungen?«, fragte er. »Dies ist nicht der Fall. Somit beginnen wir die Abstimmung über die Grundgesetzänderung, die Ihnen auf Drucksache 169/3/26 vorliegt. Das Land Brandenburg hat beantragt, die Abstimmung durch Aufruf der Länder durchzuführen. Somit bitte ich den Schriftführer, die Länder aufzurufen.

»Baden-Württemberg.«

»Nein«, erwiderte der Ministerpräsident der Ökologischen Partei.

»Bayern.«

»Ja«, sagte der Konservative Ministerprädient.

»Berlin.«

»Nein.«

»Brandenburg.«

»Nein.«

»Bremen.«

»Nein.«

»Hamburg.«

»Nein.«

»Hessen.«

»Ja«

»Mecklenburg-Vorpommern.«

»Nein.«

»Niedersachsen.«

»Ja.«

»Nordrhein-Westfalen.«

»Ja.«

»Rheinland-Pfalz.«

»Ja.«

»Saarland.«

»Ja.«

»Sachsen.«

»Ja.«

»Sachsen-Anhalt.«

»Ja.«

Während sich Bundeskanzler Mei mit einem zufriedenen Lächeln in den Sitz zurücklehnte, verfinsterten sich die Minen der sozialdemokratischen und sozialistischen Ministerpräsidenten und Bürgermeister.

»War zu erwarten«, flüsterte der brandenburgische Ministerpräsident.

»Schleswig-Holstein.«

»Ja.«

»Thüringen.«

»Ja«, sagte der Ministerpräsident der Rechtspopulisten laut und deutlich.

»Nein«, rief der konservative Innenminister und stellvertretende Ministerpräsident des Landes. Das zufriedene Lächeln auf Meis Gesicht gefror, während sich die Gesichter der oppositionellen Regierungen aufhellten.

Der Bundesratspräsident tauschte kurze Blicke mit seinen Vizepräsidenten aus dem Saarland und Nordrhein-Westfalen aus und wandte sich wieder dem Plenum zu.

»Ich stelle fest, daß das Land Thüringen die Stimmen nicht einheitlich abgegeben hat. Gemäß Art. 51 Abs. 3 Grundgesetz müssen aber die Stimmen eines Landes einheitlich abgegeben werden. Benötigt das Land Thüringen eine Unterbrechung der Sitzung, um zu einer einheitlichen Stimmabgabe zu kommen?«

»Als Ministerpräsident des Landes Thüringen erkläre ich hiermit, daß das Land der Grundgesetzänderung zustimmt«, sagte der rechtspopulistische Ministerpräsident.

»Ich erkläre für die von der Konservativen Partei gestellten Minister und Fraktion des Landtages, daß wir der Grundgesetzänderung nicht zustimmen werden.«

Der Bundesratspräsident beriet sich leiste mit seinen Stellvertretern und wandte sich erneut dem Plenum zu.

»Mit dieser Erklärung steht nunmehr fest, daß das Land Thüringen keine einheitliche Stimme abgegeben hat. Damit ist die Stimmabgabe Thüringens ungültig und wird nicht gezählt. Hiermit, wiederum, ist der Antrag auf Änderung des Grundgesetzes gescheitert.«

»Sie sind parteiisch, Herr Präsident!«, rief Mei leicht verärgert. Der Bundesratspräsident schüttelte seinen Kopf.

»Es mag im Bundestag üblich sein, Zwischenrufe zu machen, hier im Bundesrat ist dies jedoch nicht so. Weil Sie aber einen solchen Vorwurf erhoben haben, wird die Sitzung für eine halbe Stunde unterbrochen und anschließend eine Stellungnahme zu dieser Entscheidung abgegeben. Die Sitzung ist unterbrochen.«

Während sich das Präsidium zurückzog, beugte sich der Justizminister zum Bundeskanzler herüber.

»An uns ist das nicht gescheitert«, sagte Gobenhagen zum Bundeskanzler. »Aber dies zeigt mal wieder, daß Sie Ihre Leute nicht im Griff haben. Genau wie am Verfassungsgericht.«

»Können Sie nicht einfach mal die Klappe halten?«, fragte Mei verärgert.

»Wieso? Weil Sie wissen, daß ich Recht habe? Das sage ich Ihnen: Wenn das Bundesverfassungsgericht die Todesstrafe aufhebt, ist unsere Koalition zu Ende!«

»Daran können Sie auch kein Interesse haben! Wenn unsere Koalition zu Ende ist, gibt es Neuwahlen, und dann regiert Rot-Rot-Grün!«

»Das ist dann Ihre Sache, Herr Bundeskanzler. Ich sage es Ihnen noch einmal: Wir waren stets vertragstreu. Wir haben uns an alle Absprachen gehalten und alle Projekte unterstützt, auf die wir uns im Koalitionsvertrag geeinigt haben. Darunter fallen auch die Projekte, von denen wir nicht so begeistert sind.«

Ohne weiter auf Gobenhagen einzugehen, ging der Bundeskanzler verärgert zu den Sitzen der Thüringer herüber und gab dem Innenminister ein Zeichen, ihm aus dem Saal zu folgen. Reinhard Grieven folgte dem Bundeskanzler.

»Was ist in Sie gefahren?«, fuhr Mei ihn an. »Wie kommen Sie dazu, einen so wichtigen Baustein unserer Regierungsarbeit zu zerstören?«

»Ich hatte Ihnen meine Vorbehalte bereits vorgetragen«, sagte Grieven. »Es gibt auch andere berechtigte Interessen. Da hat Herr Sanders in seine Rede durchaus recht.«

»Bei der Probeabstimmung haben Sie sich aber nicht gemeldet.«

»Ich wollte den politischen Druck vermeiden, der auf uns ausgeübt würde. Wir sind uns in Partei und Fraktion in Thüringen längst einig. Haben Sie mal auf die Umfrageergebnisse unserer Partei geschaut? Uns steht bei den nächsten Landtagswahlen eine Kette von

Niederlagen bevor.«

»Wenn wir unsere Politik nicht durchsetzen, werden wir Niederlagen haben. Wenn es der Wirtschaft gutgeht, wird es auch den Menschen gutgehen und sie werden uns wählen, weil es ihnen gutgeht. Das funktioniert aber nur, wenn unser Programm vollständig umgesetzt wird, und diese Grundgesetzänderung ist ein Teil davon.«

Grieven schüttelte seinen Kopf.

»Nein, Herr Bundeskanzler. Ich bin absolut anderer Ansicht.«

»So? Ihre Karriere in der konservativen Partei ist zu Ende! Sie werden als Parteivorsitzender in Thüringen die Verantwortung für dieses Debakel übernehmen und zurücktreten!«

»Darüber wird die Partei in Thüringen entscheiden.«

»Es ist noch nicht zu spät! Korrigieren Sie Ihre Entscheidung!«

»Nein, Herr Bundeskanzler. Der Bundesratspräsident hat das Ergebnis der Abstimmung festgestellt. Selbst wenn ich wollte, was ich nicht will, könnte ich daran nichts mehr ändern.«

»Wir sprechen uns noch!«, raunzte der Bundeskanzler und ließ Grieven im Foyer stehen. Der zuckte kurz mit seinen Schultern und kehrte in das Plenum des Bundesrates zurück, wo sich die Mitglieder der Landesregierungen in teils angeregten Gesprächen untereinander und mit den Medien befanden. Ein Journalist wollte von Grieven wissen, ob das der Anfang vom Ende Meis sei. Grieven schüttelte seinen Kopf und murmelte nur »Kein Kommentar«.

Der Bundesratspräsident eröffnete wieder die Sitzung.

»Wie ich sehe, hat Bundeskanzler Mei vorgezogen, sich die Begründung für unsere Entscheidung nicht mehr anzuhören. Dennoch werde ich sie geben, und sei es, für das Protokoll.

In seiner Entscheidung 2 BvF 1/02, BVerfGE 106, 310ff

erklärte das Bundesverfassungsgericht, daß der Bundesrat ein kollegiales Organ ist, bei dem die Stimmen durch die Landesregierungen einheitlich abgegeben werden. Der Bundesratspräsident kann Maßnahmen zur Klärung des Abstimmungsverhaltens herbeiführen. Dieses Recht jedoch entfällt, wenn ein einheitlicher Wille nicht besteht. Dies ist hier der Fall.«

16.

Über die folgenden Tage nach der Niederlage Meis im Bundesrat hatte der Druck auf Verfassungsrichter Wenger nicht abgenommen. Auch Mei fühlte sich jetzt verstärkt unter Druck, zumal er die Drohung Gobenhagens hinsichtlich des Endes der Koalition nach den Geschehnissen im Bundesrat noch deutlicher vor Augen hatte. Zudem hatte Norberg die Bitte des Bundeskanzlers abgelehnt, mit Wenger darüber zu sprechen, sich am Ende doch zu enthalten, wodurch nun auch auf diesen verstärkt Druck ausgeübt wurde, Wengers Meinung doch zu wenden. Auch wenn am Tag der mündlichen Verhandlung keine Vorentscheidung zu erwarten war, bestand doch die Möglichkeit, aus der Art der Fragen eine Tendenz des Gerichtes abzulesen.

Und so rückte nun der Tag, auf den viele mit Spannung warteten, heran. Am Tag nach der Verkündung der Anordnung die Todesstrafe bis zur Entscheidung in der Hauptsache auszusetzen, hatte das Verfassungsgericht den Beschluß verkündet, über die Normenkontrollklage der Opposition gegen die Todesstrafe und die Verfassungsbeschwerde Werries gemeinsam zu verhandeln. Und so waren alle Betroffenen und ihre Vertreter vor Ort anwesend.

Für die Vollstreckungsbehörde war Bertel angereist, gemeinsam mit dem Justizminister, der die Bundesregierung vertrat. Für die Opposition waren die Fraktionsvorsitzenden der Oppositionsparteien mit ihren Anwälten – durchweg Universitätsprofessoren des Öffentlichen Rechts – angereist. Robert wurde durch Anwalt Burkhard Calau vertreten.

Es waren drei Gutachten an verschiedene juristische Fakultäten in Auftrag gegeben worden, von denen ebenfalls Vertreter angereist waren, die die Gutachten zu Beginn der Sitzung vortrugen und Fragen des Gerichts dazu beantworteten. Diese Gutachten bezogen sich ausschließlich auf die Verfassungsmäßigkeit der Todesstrafe. Zwei der Gutachten kamen zu dem Schluß, daß die Todesstrafe weder mit der Verfassung, noch mit geltendem Europäischem Recht vereinbar war und verwiesen in einer Anmerkung auch auf das laufende Vertragsverletzungsverfahren gegen Deutschland. Das dritte Gutachten hielt die Todesstrafe grundsätzlich für zulässig, riet zu deren Absicherung jedoch zur Kündigung entsprechender internationaler Vereinbarungen und Protokolle sowie den Einsatz für einen entsprechenden Passus in den Europäischen Verträgen.

Auch die Vertreter der Regierung und der Opposition hatten Gelegenheit zu Fragen und Anmerkungen, die sich jedoch alle im Rahmen der Normenkontrollklage bewegten, auf die die Gutachten bezogen waren.

Es folgte eine halbstündige Pause, in der Robert dem Co-Fraktionsvorsitzenden der Sozialisten mitteilte, daß er an die RWTH nach Aachen gehen würde, was Walther ausdrücklich zwar bedauerte, ihm zugleich aber viel Glück für sein neues Leben wünschte.

»Ich nehme an, daß es Ihnen in Aachen auch leichter fallen wird, all dies hier hinter sich zu lassen«, meinte Walther.

»Ich danke Ihnen, vor allem dafür, daß Sie sich für mich eingesetzt haben.«

Walter zeigte ein Lächeln.

»Aber gerne doch. Ich vermute, daß uns da wohl ein guter Mitarbeiter entgangen ist.«

Auch Robert lächelte leicht. Alles in allem hatte er inzwischen ein besseres Gefühl und hoffte, am Ende tatsächlich alles hinter sich lassen zu können.

Nach einer halbstündigen Pause wurden die Verhandlungen fortgesetzt. Justizminister Gobenhagen trug vor, daß die Regierung die Wiedereinführung der Todesstrafe für ein wesentliches rechtspolitisches

Mittel der Abschreckung halte, das gerade in den Zeiten, in denen so viele Migranten nach wie vor eine drohende Gefahr für die öffentliche Sicherheit bedeuteten, aber auch sonstige Gewaltkriminalität um sich griff, unverzichtbar sei. Entsprechende Statistiken, die ihm von den Vertretern der Opposition entgegengehalten wurden und gerade die Gewaltkriminalität bei Migranten als rückläufig auswiesen, bezeichnete Gobenhagen als aus politischer Korrektheit berichtigte und somit eigentlich doch gefälschte Zahlen.

Auch der Umstand, daß unter den bisher Hingerichteten gerade einmal nur ein Migrant war, alle anderen auch im Sinne der Rechtspopulisten deutsche Staatsbürger waren, konnte Gobenhagen nicht dazu bewegen, seine Aussage zu korrigieren.

»Ich halte daran fest«, sagte Gobenhagen, »daß die Einführung der Todesstrafe ein unverzichtbares Mittel gegen die zunehmende Kriminalität ist. Die Täter werden brutaler und ja, auch wenn Sie es nicht wahrhaben wollen: Es sind immer mehr Ausländer darunter, da steigt der Trend nach den Zahlen, die wir im Haus haben, ständig an.«

Der Vertreter der Sozialdemokraten meldete sich zu Wort.

»Es hat wenig Sinn, weiterhin über Zahlen zu streiten, die vom Herrn Minister doch nur bestritten werden. Gerade hinsichtlich der Gewaltkriminalität sind die Hintergründe und Ursachen so vielschichtig, daß wir das hier in diesem Rahmen nicht diskutieren können. Aber es ist schlicht unzutreffend, daß die Kriminalität unter Migranten mehr zunimmt als unter Deutschen. Hinsichtlich der Abschreckungswirkung der Todesstrafe gebe ich zu bedenken, daß es umfangreiche Studien in Ländern gibt, in denen die Todesstrafe noch existiert, und eine wirksame Abschreckung nicht nachgewiesen ist. Doch auch wenn man davon absehen wolle, ist die Todesstrafe an sich inhuman und ein eklatanter Verstoß gegen die Menschenwürde, wie wir heute morgen ja auch schon in den Gutachten vernehmen konnten. Und ich verweise darauf, daß schon im Mittelalter während der Hinrichtung von Taschendieben deren Kollegen in den Zuschauermengen unterwegs waren und ihrer Tätigkeit nachgingen. Soweit zur Abschreckung.«

Gobenhagen nickte mit einem gelangweilten Gesichtsausdruck.

»Ja, ja, die beliebte Märchenstunde.«

Auch die Vertreter der anderen Oppositionsparteien bekräftigten den Verstoß gegen die Menschenwürde. Es bedürfte nicht der ausdrücklichen Erwähnung der Abschaffung der Todesstrafe in der Verfassung, um deren Verfassungswidrigkeit zu bewirken, teilte der Vertreter der Ökologischen Partei unter Zustimmung der Vertretern von Sozialdemokraten und Sozialisten mit.

»Die Todesstrafe ist bereits mit der Menschenwürde und der Rechtsstaatlichkeit nicht vereinbar, mit der Rechtsstaatlichkeit in einem Sinne, wie wir sie heute verstehen«, führte er weiter aus. »Wollte man sie wieder einführen, stünde bereits Artikel 1 des Grundgesetzes entgegen. Also müßte man diesen ändern. Dies wiederum verhindert Artikel 79 Absatz 3 des Grundgesetzes. So wäre also tatsächlich die einzige Möglichkeit, die Todesstrafe wieder einzuführen, neben dem Austritt Deutschland aus allen hiermit zusammenhängenden Abkommen die Erarbeitung einer neuen Verfassung, die der Bevölkerung vorgelegt würde. Aber wir wissen, daß es auch innerhalb der Bevölkerung in der Geschichte der Bundesrepublik nie eine Mehrheit für die Einführung der Todesstrafe gab. Dies alles führt zu dem einzig möglichen Schluß: Die Todesstrafe ist verfassungswidrig und kann auch nicht durch zur Verfügung stehende Hintertüren eingeführt werden.«

»Es steht doch zweifelsfrei fest«, entgegnete Justizminister Gobenhagen, »daß der Gesetzgeber hinsichtlich der Maßnahmen, die er ergreifen will, einen Spielraum hat, der auch von den Gerichten zu achten ist.«

»Nicht, wenn die Maßnahmen gegen die Verfassung verstoßen«, erwiderte der Professor.

»Kommen wir zum zweiten Aspekt des heutigen Tages«, sagte der Vorsitzende Richter Grothe, »der Verfassungsbeschwerde gegen die Vollstreckung des Todesurteils gegen Robert Werries. Der Sachverhalt liegt ihnen vor, ebenso das Urteil des Verwaltungsgerichts und die angegriffene Begründung. Herr Justizminister.«

»Wir haben es in diesem Fall mit einer klaren Formulierung des Gesetzes zu tun. Zehn Minuten vor der festgesetzten Vollstreckung des Urteils dürfen alle Beteiligten – besonders die Vollstreckungsbehörde und ihre Bediensteten –, davon ausgehen, daß die Todesstrafe rechtens und zu vollstrecken ist. Wie auch die Strafgerichtskammer einräumte, vor der Herr Werries Fall verhandelt wurde, kam die Mitteilung über die Entscheidung zwei Minuten zu spät im Sinne dieses Gesetzes. In mehreren Kommentaren zu diesem Gesetz wird der Freispruch nachvollziehbar der Begnadigung gleichgesetzt. Somit ist auch hier die Entscheidung der Vollstreckungsbehörde, die Todesstrafe gegen Herrn Werries zu vollstrecken, nicht zu beanstanden, und dem hat sich aus wohlerwogenen Gründen auch das Verwaltungsgericht angeschlossen.«

Nun bekam Roberts Anwalt Calau die Möglichkeit zu entgegen.

»Sie wissen selbst, daß es zahlreichere weitere Kommentare zu dem Gesetz gibt, die das genau anders sehen und zu der Einschätzung kommen, daß die Feststellung der Unschuld mit der Begnadigung durch den Bundespräsidenten nicht vergleichbar sei«, erwiderte Calau.

»Kleiner Kalauer, hm?«, erwiderte Gobenhagen gluck-send.

Auf der Richterbank machte selbst Richter Kuhlmann ein genervtes Gesicht.

»Sie glauben gar nicht«, erwiderte Calau, »wie viele Leute vor Ihnen schon diesen dummen Witz zu machen versucht haben.«

»Fahren Sie bitte fort«, sagte Grothe.

»Die Begnadigung«, sagte Calau, »erläßt dem Verurteilten die Strafe, während der Freispruch den Strafgrund, nämlich das zuvor zu unrecht ergangene Urteil beseitigt. Schon deshalb kann es nicht darauf ankommen, ob die Mitteilung über den Freispruch einen Monat, eine Woche, einen Tag, eine Stunde, eine Minute oder eine Sekunde vor der Hinrichtung eintrifft. Für die Vollstreckung der Strafe ist nach einem Freispruch kein Raum.

In unserem Rechtstaat besteht immer die Möglichkeit, ein Fehlurteil zu korrigieren. Auch bei zeitigen Urteilen käme niemand auf die Idee zu sagen, der zu spät als unschuldig erkannte Verurteile müsse seine Strafe nun zu Ende absitzen, weil hiervor nur noch zehn Prozent der Zeit übrig sei. Nein. Selbst wenn er nur noch wenige Tage im Gefängnis zu verbringen hätte, wird er sofort freigelassen und für die erlittene Haftzeit entschädigt. Diese Möglichkeit entfällt nach vollstreckter Todesstrafe, und deshalb ist es unverzichtbar, sollte wider meine Erwartung die Todesstrafe nicht komplett wegen ihrer Verfassungswidrigkeit abgeschafft werden, den zu Unrecht verurteilten die Möglichkeit der Rettung vor der Vollstreckung der Todes bis zur letzten Sekunde zu erhalten.«

»Damit schaffen Sie jedoch ein unkalkulierbares Risiko für die Vollstreckungsbehörde«, erwiderte Gobenhagen. »Zudem sollten Sie mal überlegen, was dies für die Möglichkeiten, das begonnene Verfahren zu unterbrechen bedeutet, wenn die Behörde bis zur letzten Sekunde nicht sicher sein kann, ob sie die Strafe vollstrecken darf oder nicht. Genau diese Unsicherheit wollte der Gesetzgeber vermeiden, indem er die von Ihnen angegriffene Regelung traf.«

»Und wie stehen Sie dazu, daß mit Herrn Werries nun jemand für eine Tat hingerichtet werden soll, die er nicht begangen hat, und zwar nicht nur vielleicht nicht begangen hat, sondern erwiesenermaßen unschuldig ist?«

Die Blicke aller Anwesenden richteten sich gespannt auf Gobenhagen, der betont ruhig zu wirken bemüht war.

»Dazu stehe ich in der Weise, als daß die Vollstreckung der Todesstrafe nach Recht und Gesetz ergangen wäre und ergehen muß. Es ist bedauerlich, daß Herr Werries unschuldig ist, aber auf der...«

Unruhe im Saal unterbrach Gobenhagen, der nach einer kurzen Pause fortfuhr.

»... ich meinte natürlich, daß es bedauerlich ist, daß es mit Herrn Werries jemanden trifft, der unschuldig ist, aber dem steht das Interesse des Staates entgegen, den Vollzug seiner Strafen für die Beteiligten rechtssicher zu gestalten.«

»Aber Rechtssicherheit besteht auch dann, wenn man einen Unschuldigen nicht hinrichtet.«

»Wie ich eben ausgeführt habe, bestünde ohne die von mir verteidigte Regelung diese Rechtssicherheit gerade nicht.«

»Könnten Sie mir bitte einmal genau erklären, wie Sie die Hinrichtung eines Unschuldigen rechtfertigen wollen? Ich kann auch Ihre Einlassungen zur Rechtssicherheit nicht nachvollziehen. Worin soll diese denn insbesondere für die Bevölkerung liegen, wenn nicht einmal erwiesene Unschuld vor Strafe schützen soll?«

»Was ist daran so schwer zu verstehen? Ich will doch nicht reihenweise unschuldige Leute hinrichten lassen, sondern es geht nur um diesen einen sehr speziellen Fall, und hier ist die gesetzliche Regelung ja auch eindeutig. Eine eindeutige Regelung, die in einem Fall wie diesem eben Rechtssicherheit schafft. Das bedeutet, daß die Verwaltung weiß, wie sie in einem bestimmten Fall zu handeln hat.«

»Wenn klargestellt wird, daß ein Unschuldiger nicht hinzurichten ist, weiß die Behörde ebenfalls, wie sie zu handeln hat.«

»Werden Sie Politiker und ändern Sie das Gesetz, wenn Sie es für falsch halten«, erwiderte Gobenhagen barsch.

»Nein, denn darum geht es nicht. Es geht darum, daß Ihr Gesetz mit der Verfassung nicht in Einklang steht. Es verstößt gegen die Menschenwürde und das Recht auf Leben und körperliche Unversehrtheit, wenn jemand hingerichtet wird – und mehr noch, wenn er für ein Verbrechen hingerichtet wird, das er nicht begangen hat.«

»Aber es hilft doch nichts, wenn diese Mitteilung zu spät kommt!«

»Aber das liegt doch nicht in der Natur der Sache sondern ist eine politische Entscheidung vornehmlich Ihrer Partei!«

»Eine politische Entscheidung des demokratischen Gesetzgebers!«, korrigierte Gobenhagen.

»Der Justizminister muß schon sehr verzweifelt sein, wenn er dermaßen stur nicht auf die Argumente Ihres Anwalts eingehen will«, flüsterte Prof. Hanwinkel, der die Sozialdemokraten vertrat, Robert zu. »Sie können sich eigentlich glücklich schätzen, daß es so läuft. Eigentlich sollte auch dem Gericht nicht entgehen, auf welch tönernen Füßen seine Argumentation steht.«

Robert lächelte leicht, während in der nun eintretenden Stille sein Anwalt überlegte, ob es noch Sinn hatte, diese Debatte mit dem Justizminister fortzusetzen.

»Wie dem auch sei«, sagte er schließlich. »Die wesentlichen Gründe dafür, warum mein Mandant das Urteil des Verwaltungsgerichts anfechtet, sind völlig klar. Der Vollstreckung einer Strafe muß die Verurteilung zu einer Straftat vorausgehen. Darin jedoch erschöpft sich die Rechtfertigung für einen Eingriff in das Leben des Angeklagten nicht, denn dessen Schuld muß auch erwiesen sein. Das Strafgericht betrachtete dies als gegeben bis zu dem Moment, zu dem unumstößliche Beweise kurz vor der Hinrichtung auftauchten. Diesen wurde sorgfältig nachgegangen und das Urteil rechtskräftig revidiert. Am Ende führte eine Fehlschaltung in der Telephonanlage des Gefängnisses dazu, daß die Mitteilung über den Freispruch zu spät eintraf.

All dies ist meinem Mandanten nicht zuzurechnen und kann angesichts des absoluten Lebensschutzes, das unser Grundgesetz gewährt, auch niemals einem unschuldig Verurteiltem zugerechnet werden. Es darf schlicht und ergreifend keine Rolle spielen, zu welchem Zeitpunkt sich die Unschuld erweist. Die Strafe muß aufhoben werden.«

Calau setzte sich.

»Haben Sie noch etwas hinzuzufügen?«, fragte Grothe den Justizminister, der diese Frage selbstverständlich bejahte und anschließend noch einmal vortrug, was er bereits gesagt hatte. Anschließend wurde die Sitzung geschlossen und erklärt, daß ein Termin für die Urteilsverkündung in den nächsten Tagen bekanntgegeben werde. Entgegen der Erwartung der Beteiligten hatten sich die Richter während der Verhandlung zurückhaltend gezeigt und nicht erkennen lassen, wohin sie angesichts der vorgetragenen Positionen tendierten.

Robert verließ den Saal mit gemischten Gefühlen und traf in der Vorhallte auf Tatjana, die ihn umarmte und fragte, wie es gewesen sei. Robert erzählte kurz von seinen Eindrücken und von dem, was Prof. Hanwinkel zu ihm gesagt hatte, was Anwalt Calau mit seinen

Eindrücken ergänzte.

»Im Grunde ist hier nicht viel Neues gesagt worden«, meinte Calau. »Was hier ausgetauscht wurde, insbesondere im Rahmen der Gutachten heute morgen, wird in der Rechtswissenschaft bereits diskutiert, seit der Plan bekannt wurde, die Todesstrafe einzuführen. Ich glaube, wir werden das Urteil erst im Herbst bekommen. Und eigentlich kann es angesichts der erdrückenden Argumente nur auf die Abschaffung der Todesstrafe hinauslaufen. Aber ich will mich auch nicht zu weit aus dem Fenster lehnen. Vermutlich werden gewisse Richter hier im Ersten Senat bis dahin noch einiges an politischem Druck erfahren.«

»Meinen Sie, am Ende kann es doch noch sein, daß Robert gehenkt wird?«, fragte Tatjana.

»Das hoffe ich nicht und glaube ich auch nicht. Es ist gut, daß die beiden Verfahren zusammengezogen wurden. Denn letztlich könnte am Ende ein – wenn auch nicht erfreulicher – Kompromiß darin liegen, daß die Todesstrafe zwar nicht abgeschafft, die Regelung aber, die Ihren Mann betrifft, verworfen wird. Sie sollten also eher davon ausgehen, daß Ihr Alptraum mit dem Urteil beendet wird, so oder so.«

Robert seufzte.

»Das wäre zu schön. Denn ich kann den Gedanken, daß ich schließlich doch am Galgen ende, einfach nicht abschütteln. Er verfolgt mich Tag und Nacht.«

»Vermutlich würde es bei mir in Ihrer Situation auch so sein. Aber ich glaube, daß die Zeit zu Ende geht, in der Sie sich Sorgen machen müssen.«

Es war offensichtlich, daß Tatjana durch die Worte des Anwaltes mehr beruhigt wurde als Robert. Und so konnte Robert in der Nacht nach der Verhandlung nicht gut schlafen, stand auf und trat im Wohnzimmer an das Fenster und sah hinaus auf die menschenleere Straße. Dann spürte er, wie Tatjana ebenfalls am Fenster erschien.

»Habe ich dich geweckt?«, fragte Robert.

»Nein«, erwiderte Tatjana und sah zusammen mit Robert aus dem Fenster. »Ich konnte auch nicht schlafen.«

»Es ist viel passiert«, meinte Robert. »Und irgendwie habe ich das Gefühl, dich ein wenig übergangen zu haben. Macht es dir wirklich nichts aus, hier alles aufzugeben und nach Aachen zu ziehen?«

»Nein«, erwiderte Tatjana. »Mir ist diese Stadt fremd geworden. Nicht erst seit dieser Geschichte. In meiner Jugend war diese Stadt offener und freundlicher als jetzt, und das, obwohl sie von allen Seiten eingemauert war. Jetzt ist alles so hektisch, so geschäftig und so kalt und unfreundlich. Mir gefällt es schon länger nicht mehr in Berlin, und letztlich hat das, was dir jetzt zugestoßen ist, dies nur noch verstärkt.«

»Ich weiß, was du meinst. Ich habe auch immer gerne hier gelebt, aber in der letzten Zeit... Der Umzug der Regierung hierher hat der Stadt nicht gut getan.«

»Es war wohl nicht nur das. Aber du mußt dir keine Gedanken machen. Ich gehe gerne mit dir und fange neu an. Gerade jetzt, nach all dem, was du durchmachen mußtest. Mach dir darüber keine Sorgen. Es wird uns beide in Aachen leichter fallen, all dies zu überwinden und hinter uns zu lassen.«

Robert nahm seine Frau in seine Arme.

»Ohne dich und ohne unsere Eltern hätte ich das wohl nicht überstanden.«

Tatjana lächelte.

»Ja. Wenn unsere Eltern mit nach Aachen kommen würden, wäre sicher alles noch leichter, aber ich glaube nicht, daß wir das von ihnen verlangen können. Das ist das einzige, was mir den Abschied etwas erschwert.«

»Ja, mir auch. Ich wünschte auch, daß unsere Eltern mit uns mitkommen würden.«

Die beiden stellten sich wieder ans Fenster und blickten hinaus auf die Straße, auf der kein Mensch entlangging und nur selten ein Auto fuhr. Robert hatte nun ein bißchen Hoffnung auf die Zukunft, doch zuvor würde noch das Urteil des Bundesverfassungsgerichtes stehen.

17.

Wenige Tage nach der Verhandlung kündigte der Erste Senat das Urteil für den 25. August 2026 an. In dieser Zeit bemühten sich Robert und Tatjana um eine Wohnung in Aachen, denn in der Zwischenzeit hatte sich geklärt, daß Robert seine Arbeit an der RWTH zum 1. Oktober 2026 antreten würde. Die Vorbereitungen der Wohnungssuche und auf den Umzug und die Suche Tatjanas nach einer neuen Arbeitsstelle in Aachen lenkten Robert von den Gedanken an die Urteilsverkündung so weit ab, daß die Wartezeit für ihn erträglich wurde.

Am frühen Morgen des vorletzten Sonntags vor der Verkündung des Urteils ließ sich Bundeskanzler Mei in einen Wald in der Nähe von Karlsruhe fahren. Sein Fahrer hielt den Wagen auf einem Parkplatz vor einem Wanderweg, den der Bundeskanzler auf eigenen Wunsch nur in Begleitung eines Personenschützers entlang schritt. Nach einer längeren Strecke führte der Weg an einem See vorbei, an dem ein Mann auf einem kleinen Klapphocker saß und angelte. In einiger Entfernung wurde der Bundeskanzler mit seinem Begleiter von zwei Männern in Zivil angehalten, die sich als Personenschützer auswiesen. Der Begleiter Meis wies sich ebenfalls als Personenschützer aus.

»Oh, entschuldigen Sie«, sagte einer der beiden, die die Gruppe angehalten hatten. »Ich hatte Sie nicht gleich gesehen, Herr Bundeskanzler.«

Mei zeigte seinen Ausweis vor.

»Nein, nein, es ist alles gut. Ordnung muß sein«, sagte er dabei. Der Personenschützer warf einen Blick auf den Ausweis und ließ die beiden weiterziehen. Ein paar Meter weiter deutete Kanzler Mei seinem Begleiter an, in einiger Entfernung zu warten und schritt auf den Mann mit der Angel zu. Bei ihm angekommen, setzte er sich neben den Mann ans Ufer. Der Angler,

Verfassungsrichter Wenger, sah den Kanzler kurz an und blickte dann wieder auf die Stelle des Sees, an der seine Angelschnur ins Wasser tauchte.

»Guten Morgen, Herr Bundeskanzler. Es überrascht mich, Sie hier zu sehen. Woher wußten Sie, daß ich hier sein würde?«

Der Bundeskanzler lächelte.

»Guten Morgen, mein lieber Herr Wenger. Ich hatte einfach bei Ihrem Personenschutz angefragt. Dort hat man mir gesagt, wo ich Sie finden würde.«

»Sehr zuvorkommend. Eigentlich hatte ich solche Auskünfte untersagt.«

»Es war auch nicht ganz einfach.«

Wenger sah den Bundeskanzler erneut an. Der Kanzler war in legerer Freizeitkleidung erschienen. In einiger Entfernung konnte Wenger den Personenschützer erkennen.

»Sie wollen mich jetzt auch ein wenig bearbeiten hinsichtlich des Urteils?«, fragte Wenger.

»Steht es denn nicht schon fest?«

»So gut wie. Kommende Wochen schließen wir unsere Beratungen ab und verfassen das Urteil.«

Mei nickte kurz.

»Wir haben doch eigentlich viel erreicht.«

»Ja«, sagte Wenger knapp.

»Ich meine, politisch. Wenn ich daran denke, was diese Regierung in dieser halben Wahlperiode geschaffen hat. Naja, etwas mehr als eine halbe Wahlperiode. Wir haben das Handelsabkommen mit China und Dach und Fach gebracht, wichtige Reformen für die Wirtschaft durchgesetzt, so daß sie jetzt international wettbewerbsfähiger geworden ist... Reformen, die wir in einer Koalition mit den Sozialdemokraten – gerade mit den heutigen Sozialdemokraten – nicht hätten durchsetzen können, wie die Abschaffung des Mindestlohns, die Flexibilisierung der Arbeitszeit und der Zeitarbeit... Naja, die Gewinne der Unternehmen steigen und Deutschland geht es gut. Alles in dieser Wahlperiode geschaffen.«

Mei sah Wenger an, der jedoch unbeweglich auf die Stelle starrte, in der die Angelschnur ins Wasser tauchte ohne auch nur ein Anzeichen von Zustimmung oder Ablehnung zu zeigen.

»Naja«, fuhr Bundeskanzler Mei fort. »Das alles hat natürlich seinen Preis. Und diesen Preis mußten wir letztlich auch bezahlen. Verschärfung des Asylrechts, mehr Abschiebungen... gut, das war ja auch in unserem Sinne. Aber ich denke da vor allem an die Einführung der Todesstrafe. Und wenn ich dem gegenüberstelle, was wir von unserem Programm umsetzen konnten dafür, daß wir den Rechtspopulisten ihre Todesstrafe gewährt haben... Also politisch... äh... letztendlich hat sich das doch gelohnt.

Klaus... ich darf Sie doch Klaus nennen?«

Wenger zeigte keine Reaktion und Mei blickte wieder auf den See.

»Naja, wie auch immer. Sehen Sie, ich denke, wir müssen unsere Arbeit fortsetzen. Das hängt auch von dem Urteil ab, ob wir das können. Sehen Sie, ich bin da ein echter Überzeugungstäter. In meiner Zeit in der Finanzwirtschaft habe ich ein erhebliches Vermögen verdient, auf diese vergleichsweise niedrige Vergütung als Bundeskanzler bin ich gar nicht angewiesen. Ich tue das aus Überzeugung um unser Land voranzubringen, nach all dieser Zeit der Lethargie und des wirtschaftspolitischen Dilettantismus. Das ist die Art Herausforderung, die ich schätze.«

Mit einem Blick zu Wenger konnte sich der Bundeskanzler überzeugen, daß dieser noch immer keine Reaktion zeigte, sondern weiterhin die Angelschnur beobachte, wie sie ins Wasser tauchte und leicht mit der Bewegung der Wasseroberfläche mitschwang. Mei seufzte leicht.

»Naja. Also... vor wenigen Wochen im Bundestag hat

mir dann Gobenhagen wohl mehr in seiner Funktion als Bundesparteivorsitzender der Rechtspopulisten denn als Justizminister die Pistole auf die Brust gesetzt. Seine Partei macht also den Fortbestand der Todesstrafe zur Bedingung für den Fortbestand der Koalition. Er glaubt, wir wollten über das Verfassungsgericht auch noch die letzten Reste programmatischer Prägung seiner Partei in der Regierung tilgen. Was soll ich da tun?«

Wieder warf Mei einen Blick zu Wenger.

»Geben Sie mir doch bitte wenigstens das Gefühl, daß Sie zuhören«, sagte er dann eindringlich. Wenger wandte seinen Kopf kurz zu Mei und wandte sich wieder seiner Angelschnur zu.

»Und Sie meinen«, sagte er dann, »daß wir jetzt als Gericht die Todesstrafe absegnen sollen, damit Sie weiterhin Ihre Regierungspläne umsetzen können?«

»Naja. Also... nicht so direkt aber... eigentlich haben es schon auf den Punkt gebracht.«

Wenger gab einen leicht lachenden Laut von sich.

»Sagen Sie, Herr Bundeskanzler, haben Sie sich die Berichterstattung und das Protokoll übe das Urteil des Verwaltungsgerichts in der Sache Werries angeschaut?«

»Ich habe die Berichte verfolgt.«

»In dem Prozeß sagte Strafrichter Dr. Keller, er habe sich nie vorstellen können, daß wir nach der Erfahrung des Dritten Reiches tatsächlich vor Gericht darüber verhandeln würden, ob man einen unschuldigen Menschen hinrichten solle. Einen Mann, der nichts getan hat außer Opfer eines Fehlurteils zu werden, was dem Henker bedauerlicherweise zwei Minuten zu spät mitgeteilt wurde.«

Bundeskanzler Mei nickte kurz.

»Ja, also wenn es das ist, was Ihnen Sorgen bereitet... das läßt sich doch reparieren. Erklären Sie doch einfach diesen Paragraphen für verfassungswidrig, so daß dieser Werries frei kommt, und der Rest...«

»Es ist nicht nur dieser eine Paragraph, Herr Bundeskanzler. Es ist das ganze Gesetz zur Vollstreckung der Todesstrafe.

Seit in den Medien berichtet wurde, daß die Entscheidung quasi bei mir liegt, weil ich diesbezüglich unsicher sei, bin ich einem unglaublichen Druck ausgesetzt. Ich stehe unter Polizeischutz, weil ich auch zahlreiche Briefe und E-Mails mit den unglaublichsten Drohungen erhalten habe. Das politische Klima ist diesbezüglich total vergiftet. Daran hat vor allem Ihr Koalitionspartner Anteil, denn je stärker er geworden ist, desto mehr verrohte das politische Klima.

Sie reden von einem Preis, der zu zahlen sei. Sie haben doch diesen Preis nicht gezahlt. Sie haben doch Ihre Pläne verwirklichen können. Menschen wie dieser Werries zahlen den Preis. Ich zahle den Preis! Meine Kollegen zahlen den Preis. Wir stehen unter dem Druck der Öffentlichkeit in dieser doch sehr wesentlichen Frage!

Über viele Monate habe ich einfach nur stillgehalten aus falscher Loyalität zu Partei und Staat. Ich hoffte, daß das alles einfach so vorübergehen würde, wenn ich mich zurückhalte. Aber die letzten Monate haben mir die Augen geöffnet. Der Fall dieses Robert Werries zeigt deutlich, auf welchem Weg wir uns befinden, und ja, Dr. Keller hat recht! Wir Richter dürfen diesen Verfassungsbruch nicht einfach hinnehmen. Und es ist ein Verfassungsbruch, das ist mir in diesen ganzen Diskussionen klargeworden. Es gibt keine Rechtfertigung für die Verhängung und Vollstreckung der Todesstrafe. Sie ist einfach mit unserer Verfassung nicht vereinbar. Da hilft es auch nicht, daß Sie den Artikel 102 aus dem Grundgesetz gestrichen haben, denn der hat nur deutlich gesagt, was ohnehin in unserer Verfassung steht.

Es ist nicht damit getan, diesen einen singulären Paragraphen zu streichen, über den wir seit Wochen und Monaten diskutieren, das ganze Gesetzesgebäude ist faul! Die ganze Ideologie, die dahinter steht, ist falsch. Sie haben einen Fehler gemacht, als Sie diesen faustischen Pakt mit dem Teufel eingegangen sind, in dessen babylonischer Gefangenschaft Sie sich jetzt befinden. Und nun erwarten Sie vom Verfassungsgericht, genauer: von mir, daß ich Sie da heraushole.

Ganz ehrlich, mein lieber Herr Bundeskanzler, aber in den letzten Wochen habe ich Erkenntnisse gewonnen, die es mit m einem Gewissen unvereinbar machen, die Todesstrafe nicht für verfassungswidrig zu erachten.«

»Aber... ist unser deutsches Vaterland nicht höher als unser Gewissen?«

Wenger wandte sich dem Bundeskanzler zu und sah ihn schweigend an.

»Nein, Herr Bundeskanzler«, sagte er dann. »Nein. Patriotismus, der ohne Gewissen auskommt, führt ins Chaos. Und dieses Chaos zu verhindern ist auch unsere Aufgabe. Sie mögen als Bundeskanzler noch viel vor haben. Aber das ist nicht Sache des Verfassungsgerichts. Unsere Sache ist, über diese Normenkontrollklage der Opposition und die Verfassungsbeschwerde des Robert Werries zu entscheiden. Das werden wir am 25. August tun. Ich kann Ihnen keine andere Antwort darauf geben.«

»Was soll ich sagen?«, erwiderte der Bundeskanzler niedergeschlagen. »Es sind doch bisher nicht viele von dieser Art der Strafe betroffen...«

»Jeder einzelne ist einer zuviel. Mit jeder Hinrichtung begeht die deutsche Justiz einen Verfassungsbruch. Das kann man nicht anders sehen, jedenfalls nicht, wenn man zu jenen, wie es so schön heißt, billig und gerecht Denkenden gehört.«

Der Bundeskanzler zog seine Knie an, legte seine Arme über sie und stützte seinen Kopf auf die Arme. Nach einiger Zeit blickte er wieder auf.

»Ja, also, dann haben Sie Ihre Entscheidung getroffen?«

Wenger nickte und wandte sich wieder seine Angelschnur zu.

»Ja, Herr Bundeskanzler. Und ich erwarte von Ihnen, daß Sie sie akzeptieren und respektieren.«

»Das fällt mir schwer. Vor allem fällt mir schwer zu akzeptieren, daß die Skrupel eines Einzelnen mehr wiegen sollen als das Wohl des Landes.«

»Das eine Wohl des Landes gibt es nicht«, entgegnete Wenger. »Was das Wohl des Landes ist, muß in unserer Demokratie jeden Tag neu ausgehandelt werden. Es hilft uns allen nicht, schon gar nicht in dieser Frage, wenn Sie Ihre Sichtweise verabsolutieren, Herr Bundeskanzler. Aus meiner Sicht gibt es zu dem, was wir in gut zwei Wochen entscheiden werden, keine verfassungsmäßige Alternative.«

Der Bundeskanzler erhob sich vom Ufer und blickte auf den Verfassungsrichter herab, der ruhig und entspannt wirkte. Ihm waren der Streß und der Druck der letzten Tage nicht anzusehen.

»Ja, ich ähem...«, hob der Bundeskanzler an, »ich habe heute noch etwas zu erledigen und morgen muß ich wieder in Berlin sein. Ich weiß nicht, ob ich Ihnen für das Gespräch jetzt danken soll oder ob ich diese Reise vergebens unternommen habe.«

Wenger zuckte nur kurz mit seinen Schultern.

»Auch hier kann ich Ihnen nicht helfen.«

»Gibt es denn nicht irgend etwas, womit ich Sie noch überzeugen kann... diese Regierung nicht zu sprengen?«

Wenger wandte sich dem Bundeskanzler zu.

»Lieber Herr Bundeskanzler, alles, was wir am 25. August tun werden, ist ein Urteil zu sprechen. Was darüber hinausgeht, ist Politik.«

Mei sah Wenger mit versteinerter Mine an. Nach einer Zeit, die beiden endlos erschien, wandte er sich wortlos ab und ging den Weg zurück, den er gekommen war.

Auf dem Parkplatz öffnete der Fahrer ihm die Tür zum Rücksitz des Wagens.

»Mein lieber Jürgen«, sagte der Bundeskanzler zu seinem Fahrer, »ich fürchte, wir dürfen uns auf stürmische Zeiten gefaßt machen.«

»Ja, Herr Bundeskanzler«, erwiderte der Fahrer, obwohl er keine Vorstellung davon hatte, was sein Chef eigentlich meinte. Dann stieg er ein, ließ den Wagen an und fuhr vom Parkplatz herunter. Mei blickte durch die Heckscheibe zurück in den Wald.

»Welch ein Jammer«, murmelte er. »Und so etwas an einem so schönen Sommertag.«

18.

In der Nacht zum 25. August hatte Robert kaum geschlafen und nun stand das Urteil unmittelbar bevor.
Robert und Tatjana fuhren am Vortag gemeinsam mit
Eltern und Sven nach Karlsruhe zur Verkündung des
Urteils. Dann begann der Termin vor dem Verfassungsgericht. Die Verfassungsrichter zogen in ihren
scharlachroten Roben in den Sitzungssaal ein. Der
Vorsitzende Richter eröffnete die Sitzung und stellte
die Anwesenheit der Beteiligten fest. Der jeweils Auf-
gerufene erhob sich kurz und setzte sich wieder hin.
Für die Bundesregierung waren Justizminister Goben-
hagen und Kanzleramtsminister Wegemann erschie-
nen. Die Opposition wurde von den entsprechenden
Fachpolitikern und deren Anwälten vertreten. Auch
Robert und sein Anwalt waren unter den Aufgerufe-
nen und erhoben sich kurz, als der Richter ihre Namen nannte.
Nun erhoben sich die Richter und die Anwesenden.
Die Richter legten ihre Barette ab und der Vorsitzende
Richter Grothe eröffnete, nachdem er die Aktenzei-
chen des Verfahrens genannt hatte, die Verkündung
des Urteils:
»Im Namen des Volkes. Erstens: das Gesetz zur
Durchführung der Todesstrafe, Bundesgesetzblatt Nr.
13 aus 2025, Seite 425 folgende vom 15.04.2025, ist mit
der Menschenwürdegarantie des Artikel 1 Absatz 1
sowie des Schutz des Lebens und der körperlichen
Unversehrtheit des Artikel 2 Abs. 1 des Grundgesetzes
nicht vereinbar und damit nichtig.
Zweitens: es wird zudem festgestellt, daß eine Regelung, die die Vollstreckung einer Strafe trotz erwiesener Unschuld vorsieht, mit den rechtsstaatlichen
Grundsätzen und den Grundsätzen eines fairen Verfahrens nicht vereinbar ist. Das Urteil des Verwaltungsgerichts Berlins ist somit gleichsam nichtig und

wird mit sofortiger aufgehoben.«

»Diese Feststellung wird später wichtig für die Kostenerstattung«, flüsterte Calau seinem Klienten Robert zu. Die Richter setzten sich wieder, und Richterin Grefe begann mit der Verlesung der Begründung.

»Zu den Gründen. Der Schutz der Menschenwürde aus Artikel eins Grundgesetz läßt keine Form der Hinrichtung zu, die dieser entspreche. Darüber hinaus besteht ein absoluter Lebensschutz durch den Artikel zwei des Grundgesetzes, den der Staat zu beachten hat. Auch wenn der verfassungsändernde Gesetzgeber den Artikel 102 Grundgesetz aus dem Grundgesetz gestrichen hat, verbieten die genannten Regelungen auch ohne das ausdrückliche Verbot aus Artikel 102 die Einführung der Todesstrafe. Ihre Verfassungswidrigkeit ergibt sich mithin unmittelbar aus den Artikeln eins und zwei des Grundgesetzes in Bezug auf die Wahrung der Menschenwürde und den Schutz des Lebens.«

Grefe führte weiterhin Argumente aus der Literatur aus, bevor Verfassungsrichter Becker sich mit dem Urteil des Verwaltungsgerichts auseinandersetze.

»Das durch den Prozeßbevollmächtigten Burkhard Calau angegriffene Urteil des Verwaltungsgerichts steht nicht nur aus den obengenannten Gründen im Widerspruch zur Verfassung. Das Gericht hatte durchaus den Schutz der Menschenwürde und des Lebens zu beachten und bereits aus diesen Gründen den Vollzug der Hinrichtung unterbinden müssen. Noch näher gelegen hätte eine Vorlage der Angelegenheit vor diesem Gericht.

Wie auch der Grundsatz, daß es keine Strafe ohne Gesetz geben darf, das die Tat zum Zeitpunkt der Begehung unter Strafe stellt, Artikel 103 Abs. 2 Grundgesetz, so kann es auch keine Strafe bei erwiesener Unschuld des Angeklagten geben. Ein Gesetz, das die Möglichkeit eröffnet, einen unschuldigen Menschen zu bestrafen, verstößt gegen den Grundsatz des fairen

Verfahrens sowie auch gegen Artikel 103 Abs. 2 Grundgesetz, weil hier bezüglich der Strafe keine Tat vorliegt. Dies hätte das Verwaltungsgericht erkennen und die Beschwerde abweisen müssen.«

Auch Becker führte weitere Begründungen aus der Literatur an. Im Anschluß daran legte Reinhard Deberg auch namens seiner Kollegen Emdinger und Kuhlmann deren unterlegene Auffassung zum Urteil dar und betonten noch einmal, daß die grundsätzlichen Linien der Gesetzgebung auch durch das Verfassungsgericht zu respektieren seien.

Robert fiel ein schwerer Stein vom Herzen. Tatjana und seine Eltern empfingen und umarmten ihn in der Vorhalle des Gerichtssaales, und auch Anwalt Calau wurde von Tatjana herzlich umarmt.

»Ich kann es noch gar nicht glauben, daß es wirklich vorbei ist.«

»Glauben Sie es«, sagte Calau fröhlich, »Es ist vorbei. Das letzte Wort ist gesprochen.«

Die Entscheidung des Verfassungsgerichts schlug, obwohl viele Beobachter sie erwartet oder erhofft hatten, wie eine Bombe ins politische Berlin ein. Die Vollstreckungsbehörde, die ihre Grundlage in dem nun vom Verfassungsgericht verworfenen Gesetz fand, mußte aufgelöst werden. Bertel ließ sich in die Bundeswehrverwaltung versetzten, sein Stellvertreter Marks wechselte zur Bundeszentrale für politische Bildung.

Robert und seiner Familie gelang es, durch die viele Prominenz vor dem Gericht den meisten Fragen der Journalisten zu entkommen. Sie fuhren in ein Café um das Ende des Alptraums zu feiern.

Peter Glaß wurde wegen Mordes an Karl Woszinsky zu lebenslanger Haft verurteilt und mußte sich darüber hinaus noch einem Verfahren wegen Bestechlichkeit stellen, deren Beweise in der Hand des Opfers das Mordmotiv dargestellt hatten.

Die Koalition zwischen Konservativer Partei und Rechtspopulisten zerbrach nach der Aufhebung der Todesstrafe durch das Verfassungsgericht. Der Justizminister warf dem Bundeskanzler auch öffentlich vor, die von den Konservativen gestellten Verfassungsrichter nicht auf Linie gebracht zu haben und so zur Aufhebung der Todesstrafe beigetragen zu haben. Weil eine andere Regierungsbildung nicht möglich war, wurden Neuwahlen zum Bundestag unausweichlich.

Nach der Verhandlung fuhren Robert und Tatjana unverzüglich zurück nach Aachen. Auch Roberts Mutter und Tatjanas Vater hatten sich inzwischen entschieden, mit ihren Kindern nach Aachen zu ziehen. Bald schon nach dem Umzug fand auch Tatjana eine Arbeit in einer wissenschaftlichen Einrichtung.

Robert trug seinen Alptraum noch eine längere Zeit mit sich herum. Gleichwohl half ihm – neben seiner Familie – jedoch der Umzug nach Aachen dabei, diesen nach und nach zu überwinden und zu einem normalen Leben zurückzufinden. Nur noch selten sprach er über die Zeit, in der er von der Vollstreckung der Todesstrafe bedroht war. Mit der bevorstehenden Neuwahl zum Bundestag machte sich Robert wieder verstärkt politische Gedanken. Wohin würde die Debatte über die vergangenen Jahre der Regierung Mei führen? Würde die Diskussion im Wahlkampf, in der auch die juristische Auseinandersetzung um die Todesstrafe und um jene, die nicht das Glück hatten, ihr entkommen zu sein, eine Rolle spielen, das Wahlergebnis beeinflussen? Was hatten die knapp drei Jahre konservativ-rechtspopulistischer Regierungszeit aus dem Land gemacht? Würden jene, die eine solche Politik befürworteten, sich von den Erfahrungen der letzten Monate beeindrucken lassen? Robert gestand sich sein, daß er – und mit ihm alle anderen – dies wohl erst nach der Bundestagswahl erfahren würden.

Tod durch den Strang

Robert Werries.............. Delinquent, Politologe
Tatjana Werries .... Roberts Frau, Soziologin
Kathrin Werries............. R. Werries Mutter
Torsten Bergheim.......... T. Werries Vater
Bernhard Schröer.......... R. Werries' Anwalt
Karl Woszinsky .... Mordopfer
Burkhard Calau............. Anwalt (Öff.-Recht)

Sven Hermann .... Politologe
Peter Glaß...................... Bauamtmann
Caroline Glaß .... P. Glaß' Frau
Martin Hausmann .... Staatsanwalt
Björn Sieler.................... Henker
Frank Keller................... Vorsitzender Richter
Gerd Pielauer .... Strafrichter
Alexander Haubert........ Vorsitzender Richter
Simone Goldschmidt.... Beisitzende Richterin
Wilhelm Mei.................. Bundeskanzler
Andreas Wegemann ..... Kanzleramtsminister
Werner Gobenhagen .... Justizminister
Viktor Kuhlmann.......... Verfassungsrichter
Klaus Peter Wenger...... Verfassungsrichter
Martin Grothe .... Verfassungsrichter
Andreas Becker............. Verfassungsrichter
Hubert Emdinger.......... Verfassungsrichter
Reinhard Deberg........... Verfassungsrichter
Nadine Weiher .... Verfassungsrichterin
Claudia Grefe................. Verfassungsrichterin
Tobias Norberg .... Konservativer Abgeordneter
Katja Stern..................... Fraktionschefin Sozialisten
Bernd Walther .... Fraktionschef Sozialisten
Matthias Bertel .... Behördenleiter
Thomas Marks .... Stellvertreter von M. Bertel
Karl Wetterstein .... Wachtmeister

Story: 11.03.2026

Der Autor

Richard Bercanay, geboren 1968 in Aachen, studierte

Politikwissenschaften und Soziologie. Seit seiner Jugend schreibt er Krimis, deren Leserkreis sich zunächst auf seine Freunde erstreckte. 2010 veröffentlicht er mit »Spuren im Schnee« sein erstes Buch. Neben Krimis verfaßt er auch Science-Fiction-Romane, deren Veröffentlichung ebenso geplant ist wie die weiterer Krimis.

Bereits der Krimi »Der Minister und die Katze« lehnte sich an eine wahre Begebenheit im politischen Raum an. Neben »Vision oder Fission?« befaßt sich auch sein Sachbuch »Sozialdemokratie im Abbruch« mit der Krise der SPD.

Bercanay's Blog: http://bercanay.wordpress.com/

Veröffentlichungen von Richard Bercanay:

Sozialdemokratie im Abbruch – Wie die SPD den Politikwechsel vergeigte

Vision oder Fission? Die Dauerkrise der SPD

Der Minister und die Katze

Die Leiche mit dem Pistolenkasten (John-Rollins-Reihe)

Doyles Radfahrer (Sgt.-Brendan-Doyle-Reihe)

Robert Cranes Spuren im Schnee (Kurzkrimis)

Der Kurzkrimi »Das Haus des Onkel Ev« in der Anthologie »Jede Menge Erben«, herausgegeben von Siegfried Dierker